www.ingramcontent.com/pod-product-compliance
Lightning Source LLC
LaVergne TN
LVHW051007051026
849532LV00005B/1847
* 9 7 8 9 3 5 8 7 2 8 0 1 9 *

نپولین کی محبوبہ

(افسانے)

مصنف:

اختر شیرانی

© Taemeer Publications LLC
Napoleon ki Mehbooba (Short Stories)
by: Akhtar Sheerani
Edition: October '2023
Publisher & Printer:
Taemeer Publications LLC (Michigan, USA / Hyderabad, India)

ISBN 978-93-5872-801-9

کتاب	:	**نپولین کی محبوبہ** (افسانے)
مصنف	:	**اختر شیرانی**
پروف ریڈنگ / تدوین	:	اعجاز عبید
صنف	:	فکشن
ناشر	:	تعمیر پبلی کیشنز (حیدرآباد، انڈیا)
سالِ اشاعت	:	۲۰۲۳ء
صفحات	:	۵۲
سرورق ڈیزائن	:	تعمیر ویب ڈیزائن

فہرست

تعارف

اختر شیرانی کو عظیم شاعر یا ادیب کہنا مبالغہ ہو گا لیکن اس میں ذرا بھی شک کی گنجائش نہیں کہ اردو ادب کی مختصر سے مختصر تاریخ بھی ان کے ذکر کے بغیر ادھوری رہے گی۔

اختر شیرانی کا اصل نام داؤد خاں تھا۔ وہ ۴ مئی ۱۹۰۵ء کو ہندوستان کی سابق ریاست ٹونک میں پیدا ہوئے اور ۹ ستمبر ۱۹۴۸ء کو لاہور میں وفات پائی۔ وہ جیّد عالم اور محقق حافظ محمود شیرانی کے اکلوتے بیٹے تھے۔ اختر شیرانی نے صرف ۴۳ برس کی عمر پائی اور اس عمر میں انہوں نے نظم و نثر میں اتنا کچھ لکھا کہ بہت کم لوگ اپنی طویل عمر میں اتنا لکھ پاتے ہیں۔ اردو تنقید پر اختر شیرانی کا جو قرض ہے وہ اسے ابھی تک پوری طرح ادا نہیں کر پائی ہے۔

وہ ترقی پسند نہیں تھے جبکہ ان کے عہد میں اور اس کے بعد بھی طویل عرصہ تک، تخلیق و تنقید پر ترقی پسندوں کی حکمرانی رہی اور اسی عہد نے ان کو "شاعرِ رومان" کی سند دے کر ان کا اعمال نامہ بند کر دیا۔

شاعری کی طرح نثر میں بھی اختر شیرانی کے کارنامے کم نہیں ہیں۔ انھوں نے ترکی کے مشہور ڈرامہ نگار سامی بے کے ڈرامہ "کاوے" کو ضحاک کے نام سے اردو جامہ پہنایا۔ 'اختر اور سلمیٰ کے خطوط' جس کے متعدد ایڈیشن شائع ہو چکے ہیں، خوبصورت نثر کا لاجواب نمونہ ہیں۔ انھوں نے 'دھڑکتے دل' کے عنوان سے افسانوں کا ایک مجموعہ شائع کیا جس میں دوسری زبانوں کے افسانوں کا ترجمہ اور باقی طبع زاد ہیں۔ اسی مجموعہ سے ماخوذ دس افسانے "**نپولین کی محبوبہ**" کے عنوان سے کتابی شکل میں پیش ہیں۔

(۱) سپیرا

وہ پرانے بھٹّے کے ایک کونے میں اینٹوں کا ڈھیر لگا رہا تھا۔ اُس کا حقیقی نام کسی کو بھی معلوم نہ تھا۔ بلکہ وہ آپ بھی مدّتوں سے اُسے بھول چکا تھا۔ اُس کے یار دوست اُسے "شیخ" کہہ کر پکارتے تھے۔ بنگال میں ہر ایک مسلمان کو اِس نام سے پکارا جا سکتا ہے۔ چاہے وہ اِس نام کے مطابق ہلکی سی بھی جسمانی یا ذہنی موزونیت نہ رکھتا ہو۔

دوسرے لوگ اُسے لنگڑا کہہ کر یاد کرتے تھے۔ کیونکہ بچپن میں اُس کا بایاں پیر ٹوٹ گیا تھا اور اُس نقص کی یادگار میں بیچارے کو تمام عمر کے لیے یہ خطاب حاصل ہو چکا تھا۔ یہی نہیں بلکہ چونکہ اُس کی جوانی بے احتیاطی، اور بے پروائی میں کٹی تھی۔ اِس لیے اُسے ایک گھناؤنی بیماری سے پالا پڑا۔ جس نے اُس کی ناک کو بالکل غارت کر دیا۔ اور اُس کی جگہ ایک ڈراؤنا گڑھا یادگار چھوڑ گئی اُس کے بعد چیچک نکلی اور چیچک کے گہرے داغوں نے اُس کی بدصورتی کو بالکل مکمل کر دیا۔

واحد بھٹّے کی طرف اپنا چھکڑا لیے جا رہا تھا۔ اُس نے اپنے بیلوں کو تیز چلانے کے لیے اُن کی دُم مروڑی اور ساتھ ہی ایک فحش سے گیت کی تان لگائی مگر یہ تان جس تیزی سے پیدا ہوئی تھی، اُسی تیزی سے غائب ہو گئی۔ بیل چلتے چلتے اچانک رک گئے اور آنکھیں چڑھا کر اور نتھنے پھُلا کر زور زور سے سانس لینے لگے۔ بیلوں کے ایک دم رُکنے سے واحد اپنی جگہ سے آگے کی طرف لڑھکا اور بیلوں کو گالیاں دینے لگا۔ بیل کسی طرح آگے نہ بڑھے اور واحد نے اپنی پینی سنبھالی۔ وہ مارے غصّے کے پاگل ہو گیا تھا۔ پینی اُوپر اُٹھی، مگر

اِس سے پہلے کہ بیل کی کمر تک پہنچتی۔ وہ اپنی پوری طاقت سے چلاّیا۔ "سانپ رے سانپ شیخ او شیخ!!"

چھکڑے سے آگے چند گز کے فاصلے پر ایک چھوٹا سا سانپ پھن اُٹھائے جھوم رہا تھا۔ واحد نے اپنے چھکڑے سے چھلانگ لگائی اور دوڑ کر ایک اینٹ اُٹھالی۔

شیخ نے واحد کی آواز سنی تو تیزی سے لنگڑاتا ہوا اور ساتھ ساتھ چلاّتا ہوا دوڑا "ارے مارنا مت۔ مارنا مت! میں آتا ہوں!"

واحد نے اُٹھایا ہوا بازو نیچے کر لیا اور اینٹ مارنے سے رُک گیا۔

"اللہ کی قسم کیسا خوب صورت سانپ ہے۔" واحد بولا۔ "اور دیکھنا شیخ منہ کتنا گہرے سُرخ رنگ کا ہے۔ اور پھن کیسا خوب صورت ہے۔ مگر یار جلدی کرو۔ بھاگ رہا ہے یہ تو۔"

سانپ نے خطرہ بھانپ لیا اور واحد سے دور بھاگنے لگا۔ اُسے معلوم نہ تھا کہ ایک اور دشمن اُس کی تاک میں ہے اور پاس آپہنچا ہے۔

"واحد ذرا اپنی پینی پھینکنا" شیخ چلاّیا" او ہو کھٹّے میں چلا گیا۔۔" شیخ نے غور سے کھٹّے کے اندر دیکھتے ہوئے کہا۔ جہاں سانپ غائب ہوا تھا۔ "اِسے اُودے ناگ کہتے ہیں، واحد جانتے ہو۔ اُودے ناگ؟؟"

پھر بولا کہ یہ کوبرے کی قسم کا ہوتا ہے۔ مگر بہت کم ملتا ہے۔ خدا کی قسم اگر یہ ہاتھ آگیا تو کچھ روپے کما ہی لوں گا۔"

شیخ عام سپیروں سے بڑا سپیرا تھا۔ کیونکہ وہ سانپوں کا علاج معالجہ کرنا بھی جانتا تھا۔ وہ اکثر اوقات اپنے گاؤں اور آس پاس کے دیہات میں اپنے سانپوں کو نمائش کے طور پر دکھاتا تھا اور دیہاتی دلچسپی سے تماشا دیکھنے آتے تھے۔ وہ سانپوں کو مٹّی کے گھڑوں میں

رکھتا تھا۔ جن میں سے اکثر اُس کی گھاس پھونس کی جھونپڑی سے لٹکے رہتے تھے۔

جیسا کہ عام سپیروں کا قاعدہ ہے شیخ بھی اپنے دہشت ناک قیدیوں میں سے بیماروں اور کمزوروں کو آزاد کر دیتا تھا۔ اُن میں سے بعض قید کے صدمے سے مر بھی ضرور جاتے تھے۔ شیخ کا یہ تجارتی سرمایہ اُس کی اچھی خاصی آمدنی کا ذریعہ تھا اور جب تک اُس کی یہ جیتی جاگتی اور چلتی پھرتی پونجی پوری تعداد میں اُس کے قبضے میں ہوتی وہ بھٹّوں پر یا کھیتوں میں مزدوری کرنے نہ جاتا تھا۔

ایسی حالت میں وہ ایک ٹوکری میں اپنے سانپ ڈالے ہوئے اور سپیروں کی تونبی میں منہ میں دابے پاس پڑوس کے دیہات میں نکل جاتا اور بہت کچھ کما لاتا مگر اُس کی یہ کمائی جلد ہی ختم ہو جاتی تھی۔ کیونکہ وہ بھنگ اور افیم کا عادی تھا اور اِس پر طرّہ یہ کہ شراب کی چسکیاں بھی لگا لیتا تھا۔ اِس کا نتیجہ ہمیشہ یہ ہوتا کہ جوں ہی شیخ کی جیب خالی ہوتی۔ وہ ایک پھاوڑا اور ٹوکرا لیے اپنے کھاتے پیتے پڑوسی کسانوں کے دروازوں پر نظر آتا اور پوچھتا "کوئی مزدوری ؟ کوئی کام ؟ "ایسے لوگوں کے سامنے وہ بڑی لجاجت سے مسکراتا اور اُس کی مسکراہٹ سے اُس کے بدنما چہرے پر جو شکنیں پڑتیں وہ چہرے کو اور زیادہ بدنما اور ہیبت ناک بنا دیتیں۔ شیخ میں یہ بات ضرور تھی کہ وہ اپنے اِس قسم کے "گاہکوں" کو کبھی دھوکا نہ دیتا۔ اُسے کیسا ہی سخت کام ملتا۔ وہ بڑی محنت اور دیانت داری سے اُسے انجام دیتا۔ جس دن اُسے کام نہ ملتا وہ بھیک مانگنے نکل جاتا۔ بھیک مانگنا۔ مزدوری کرنا اور سانپوں کا تماشا دکھانا اُس کے لیے سب یکساں کام تھے۔ یہ تھوڑی بہت خیرات بھی جو اُسے ملتی حسبِ معمول اُس کے نشے پانی پر خرچ ہوتی تھی۔ کبھی کبھی وہ کچّی شراب پی آتا اور جھومتا جھامتا گھر لوٹتا۔ ایسی بدمستی کی حالت میں وہ اپنی گھر والی کے پاؤں پکڑ لیتا اور شرابیوں کی طرح آنسو بہاتا ہوا کہتا۔ "میں نے تمہیں بڑے دُکھ پہنچائے

ہیں زبیدہ۔ میں نے تمہیں فاقوں مار دیا ہے"۔

زبیدہ ہنس دیتی اور اپنے پیر چھڑاتے ہوئے کہتی "چھیڑ خانی کی باتیں نہ کرو۔ مجھے چھوڑ دو۔ تمہارے کھانے کے لیے کچھ ہو تو لاتی ہوں"۔

اِس پر شیخ دھاڑیں مار مار کر رو دیتا اور کہتا "ہائے میں نے تمہارے لیے کبھی نئے کپڑے بھی تو نہیں بنوائے۔"

دوسرے دن صبح پَو پھٹتے ہی شیخ بھٹّے پر پہنچا۔ ایک چھوٹی سی قینچی، اور سرکنڈوں کا بنا ہوا صندوق اُس کے ہات میں تھا۔ مشرق کی طرف آسمان پر ایک گہری سُرخ روشنی کا طوفان منڈلا رہا تھا۔ گنجان درختوں پر چڑیوں کے جھنڈ سہانے گیت گا رہے تھے۔ دور کسی مندر سے صبح کی ٹھنڈی اور دھیمی ہَوا کے جھونکے گھنٹیوں اور سنکھوں کی آوازیں لیے آرہے تھے۔

شیخ مٹّی کے ڈھیر پر بیٹھ گیا اور غور سے اِدھر اُدھر دیکھنے لگا۔ شفق کی سرخی دم بدم پھیلتی جارہی تھی۔ اُس کا بڑھتا ہوا رنگ اینٹوں کو بہت زیادہ سرخ بنا رہا تھا۔ یہاں تک کہ شیخ کے میلے کچیلے کپڑوں پر بھی رنگت آگئی تھی۔ یک بیک اُس نے کچھ دیکھا اور "یہ رہا وہ" کہہ کر جلدی سے اُٹھ کھڑا ہوا۔

کچھ فاصلے پر کھلی جگہ میں کل والا سانپ آسمان کی سُرخی کی طرف اپنا پھن پھیلائے خوشی سے جھوم رہا تھا۔ سورج کی ابتدائی کرنوں کا اُس کے ننھّے سے لمبے بدن پر عکس پڑ رہا تھا اور اُس کے سُرخ رنگ کو شوخ اور خوش نما بنا دیا تھا۔ سُرخ رنگت کے ساتھ اُس کے پھن کی سیاہ دھاریاں رنگوں کے امتزاج کا بہت ہی سہانا سماں دِکھا رہی تھیں۔ وہ اِس وقت ایسا ہی خوب صورت معلوم ہوتا تھا جیسے وہ تتلی جس کے سُرخ بازوؤں پر پتلی پتلی سیاہ

لکیریں ہوں۔

سپیرا ابھی اُس کی خوشنمائی سے بہت متاثّر ہوا اور ہونٹوں ہی ہونٹوں میں "واہ" کہنے پر مجبور ہو گیا۔ اب وہ آہستہ آہستہ آگے بڑھا۔ سانپ سورج کی کرنوں سے کچھ اِس دھُن میں کھیل رہا تھا کہ اُسے کسی دشمن کے آنے کی خبر تک نہ ہوئی۔ نہ اُس کے قدموں کی چاپ سنائی دی۔ وہ بدستور اپنی دھُن میں مگن تھا مگر جب شیخ بالکل ہی قریب جا پہنچا تو اُس نے بجلی کی سی تیزی سے اپنا پھن گھمایا اور پھنکار ماری مگر شیخ کے ماہر ہاتھوں نے سانپ سے بھی زیادہ تیزی کے ساتھ قینچی سے اُس کے پھن کو دبایا اور زمین سے ملا دیا۔ اب اُس سانپ کی دُم پکڑ لی اور اُسے ڈرانے کے لیے اور سدھانے کے لیے دو تین جھٹکے دیے۔ اُس کے بعد اُس نے اپنے قیدی کو اچھی طرح دیکھا بھالا اور بڑبڑایا "یہ تو ناگن ہے"۔

(۲) ماں کا دل

چاندنی رات تھی۔۔۔ ایک مستانہ خرام جوئبار کے کنارے! دولہا، دلہن راز و نیاز کی باتوں میں مصروف تھے۔۔۔ محو تھے! نئ نویلی دلہن اپنے حُسن و جمال کی رنگینیوں پر مغرور! اور نوجوان دُولہا! اپنی جوانی کے جوش و خروش میں چُور۔۔۔ نظر آتا تھا۔ چاندنی اُن کی بے خودانہ و خود فراموشانہ حالت پر مسکرا رہی تھی۔۔۔!

نوجوان دولہا نے کہا:۔

"کیا تمہیں میری انتہائی محبّت کا، اب بھی یقین نہیں آیا؟ دیکھتی ہو! میں نے اپنی زندگی کا عزیز ترین اور بیش بہاترین سرمایہ۔۔۔ اپنا دل تم پر قربان کر دیا ہے! نثار کر دیا ہے!!"

دُلہن نے اپنی نغمہ ریز آواز میں جواب دیا۔

"دل قربان کرنا تو محبّت کے راستے میں پہلا قدم ہے! میں تمہاری محبت کا اِس سے بہتر ثبوت چاہتی ہوں! تمہارے پاس اپنے دل سے کہیں زیادہ بیش بہا اِک موتی ہے اور وہ تمہاری ماں کا دل ہے۔ اگر تم اُسے نکال کر مجھے لا دو تو میں سمجھوں کہ ہاں تمہیں مجھ سے محبت ہے!"

نوجوان دُولہا ایک لمحہ کے لیے گھبرا سا گیا۔ اُس کے خیالات میں ایک قیامت سی برپا ہو گئی۔۔۔ مگر بالآخر "بیوی کی محبّت" "ماں کی محبّت" پر غالب آئی۔۔۔ اِسی مجنونانہ، مسحورانہ حالت میں اُٹھا اور اپنی ماں کا سینہ چیر کر، اُس کا دل نکال کر اپنی دلہن کی طرف لے چلا۔۔۔ اضطرابِ عجلت میں پیر جو پھِسلا تو نوجوان دُولہا زمین پر گر پڑا اور اُس کی ماں

کا خون آلود دل، اُس کے ہاتھ سے چھوٹ کر خاک میں تڑپنے لگا۔۔۔! اُس دل میں سے
نہایت آہستہ شیریں اور پیار سے لبریز آواز آرہی تھی!

"بیٹا کہیں چوٹ تو نہیں آئی؟"

(جرمن افسانہ)

(۳) آرزو

شیرین رستم جی اپنی بڑی بہن فیروزہ کی منتظر تھی جو کشمیر کی سیاحت سے واپس آنے والی تھی۔۔۔ دونوں بہنوں کو ایک دوسرے سے ملے پانچ ہفتے گزر چکے تھے اور آج فیروزہ اپنے شوہر کو راولپنڈی چھوڑ کر جہلم آ رہی تھی۔ تا کہ چند روز اپنی چھوٹی بہن کے ساتھ گزارے۔

مسز رستم جی ڈرائنگ روم میں تنہا بیٹھی تھی اور ایک کتاب سامنے رکھے اپنی تمام توجّہات کو اِس کے صفحات میں جذب کر دینے کی کوشش کر رہی تھی۔۔۔ ہر ایک آہٹ پر وہ چونک اُٹھتی تھی۔

آخرِ کار اُس کی بہن کی شکل نظر آئی۔۔۔ اور دونوں بہنیں دوڑ کر ایک دوسرے سے لپٹ گئیں۔۔۔ فیروزہ نے سفری پوشاک بدلی اور آپس کے ملنے والوں اور عزیزوں، دوستوں کے بارے میں چھوٹی بہن سے ہزاروں ہی سوالات کر ڈالے۔

جب اُس نے قریب سے اپنی چھوٹی بہن کو دیکھا تو۔۔۔ اُس کے دل کو دھکّا سا لگا۔ شیریں کے سیاہ اور چمک دار بالوں میں اُسے دو سپید دھاریاں نظر آئیں۔۔۔ اور ابھی اِس کی عمر ہی کیا تھی۔۔۔ صرف سال۔ شیریں کے بال اُس زمانے میں سپید ہوئے تھے جب فیروزہ باہر تھی۔۔۔ اِن پانچ ہفتوں میں ضرور کچھ نہ کچھ بات ہوئی ہے۔۔۔ مگر کیا؟۔۔۔ کیسی۔۔۔ اُس نے پوچھنا چاہا۔۔۔ مگر۔۔۔ ہمّت نہ ہوئی۔۔۔

چھوٹی بہن ایک اُداس اور دُکھ بھری ہنسی ہنس کر بولی "آپا میرے سپید بالوں کو دیکھ

رہی تھیں تم؟"

"ہاں شیریں۔۔۔ تمھیں کچھ نہ کچھ ہوا ہے۔۔۔ پیش آیا ہے۔۔۔ کوئی حادثہ۔۔۔ کوئی سانحہ۔۔۔ مجھے سچ سچ بتا دو۔۔۔ یاد رکھو جھوٹ بولو گی تو میں۔۔۔ سمجھ جاؤں گی۔"

دونوں بہنیں آمنے سامنے کھڑی تھیں۔ چھوٹی لاش کی طرح سپید تھی۔۔۔ آخر اُس نے غمگین اور گلوگیر آواز سے کہا۔ "آپا۔۔۔ میں۔۔۔ ایک۔۔۔ ایک۔۔۔ ایک عاشق۔۔۔"

وہ دھاڑ کر روتی ہوئی اپنی بڑی بہن کی گود میں گر پڑی۔

معاً اُس نے کہنا شروع کیا۔۔۔ تیزی سے۔۔۔ بخار کی سی ہذیانی حالت میں۔۔۔ وہ پھوٹ بہی۔۔۔ گویا اپنی ہولناک کہانی سنا کر دل کا بخار نکالنا چاہتی ہے۔۔۔ دونوں بہنیں گلے میں ہاتھ ڈالے صوفہ پر بیٹھ گئیں۔

"آپا۔۔۔ آپا۔۔۔ میں نہیں جانتی مجھے کیا ہوا؟ میں اپنے آپ کو نہیں سمجھ سکتی۔۔۔ میرے اللہ، اب جب میں اِس بات کو سوچتی ہوں۔۔۔ دیوانی سی ہو جاتی ہوں۔۔۔ آہ عورتیں۔۔۔ ہم عورتیں کتنی کمزور ہیں۔۔۔ سچ مچ کمزور ہیں۔۔۔ کمزور دل۔۔۔ مردوں کے لئے اُن کو پھانسنے کی خاطر صرف ایک موثّر ایک رقیق، جذباتی لمحہ کافی ہوتا ہے۔

تم میرے شوہر کو جانتی ہو!۔۔۔ یہ بھی جانتی ہو کہ مجھے اُس سے محبّت ہے۔ اِس میں شک نہیں کہ وہ مجھ سے کئی سال بڑا ہے اور میری طرف کو بھی نہیں سمجھتا۔۔۔ تاہم کتنا شریف۔۔۔ کس قدر مہربان۔۔۔ آہ کس طرح۔۔۔ میں کبھی کبھی چاہتی ہوں کہ وہ وحشی ہوتا۔۔۔ ظالم ہوتا۔۔۔ ساتھ ہی میں یہ بھی چاہتی ہوں کہ وہ کمزور بھی ہو۔۔۔ اور اِسی طرح میرا بنا رہے۔۔۔ میری ضرورت محسوس کرے۔۔۔ یہ بیوقوفی ہے۔۔۔ میں جانتی ہوں۔۔۔ مگر میں اِس خیال سے باز نہیں رہ سکتی۔۔۔

مجھے کبھی خیال تک نہ ہوا تھا کہ میں ایک بے وفا بیوی ثابت ہوں گی۔ خواہ میں۔۔۔ کسی ایسے مرد ہی سے کیوں نہ ملوں جس سے مجھے محبت ہو جائے۔۔۔ مگر آپا۔۔۔ میں ایک بے وفا ثابت ہوئی۔۔۔ حالانکہ میں نے کسی سے محبت بھی نہیں کی۔۔۔ کیونکہ اصلی چیز چاندنی رات تھی۔ خوبصورت دریا کے کنارے ایک خوبصورت چاندنی رات۔۔۔!

اور پھر۔۔۔ میرا شوہر "ٹھنڈی" مٹّی کا بنا ہوا ہے۔ اُس کی سرد مہری، برودت۔۔۔ میرے جذبات پر اَوس سی چھڑک دیتی ہے۔۔۔ اُس کو غرور ہے کہ وہ اپنے خیالات اور جذبات پر قابو رکھتا ہے۔۔۔ اور اُس کا سینہ نازک و لطیف احساسات سے خالی ہے۔۔۔ آہ!۔۔۔ کس طرح۔۔۔ کس حسرت اور آرزو کے عالم میں مَیں نے ایک مرتبہ اُس سے کہا کہ۔۔۔ آج چاندنی رات ہے۔۔۔ کیا اِس چاندنی میں۔۔۔ اِس بھینی بھینی فضا میں۔۔۔ اِس ٹھنڈی ٹھنڈی ہواہیں۔۔۔ اِس دھیمی روشنی میں۔۔۔ تم مجھے پیار نہیں کروگے ؟ مگر آہ! اُس کے جواب میں اُس نے مجھے ایک "نادان اور بے وقوف لڑکی" سے تعبیر کیا۔۔۔ مجھے ایسا محسوس ہوتا ہے کہ جب دو ہستیاں ایک دوسرے سے محبت کرتی ہیں تو۔۔۔ اُن کے باہمی جذبات کی سرشاریوں میں ہزار درجہ اضافہ ہو جاتا ہے، اگر اُس وقت۔۔۔ فطرت کے تمام حسن و رنگ موجود ہوں۔۔۔ فضا میں بکھرے ہوئے ہوں۔۔۔ پھیلے ہوئے ہوں۔۔۔!

میں۔۔۔ نادانی سے کہہ لو۔۔۔ یا کچھ۔۔۔ میں اُس وقت۔۔۔ اُس محشرستانِ نور و نگہت میں۔۔۔ اِس عالمِ رنگ و بو میں۔۔۔ ایک ایسے مرد کی خواہشمند تھی جو۔۔۔ منظر کی تمام لطافتوں کو، تمام رنگینیوں کو محسوس کرے۔۔۔ میری طرح۔۔۔ میرے برابر محسوس کرے۔۔۔ اور میرے تمام نازک اور گہرے۔۔۔ گداز اور لطیف احساسات کو زخمی نہ کرے۔۔۔ بجھا نہ دے۔۔۔ پامال نہ کرے۔۔۔!

ایک رات۔۔۔ میرا شوہر جلدی ہی بستر پر چلا گیا، اور میں۔۔۔ سونے سے پہلے ایک مختصر سی تفریح کے لیے چشمے کی طرف نکل آئی۔۔۔ آپا!۔۔۔ تم نے ایسی رات۔۔۔ ایسی حسین۔۔۔ ایسی شاندار رات نہیں دیکھی ہو گی۔۔۔ نہیں اپنی تمام سیاحتوں میں بھی نہیں دیکھی ہو گی۔۔۔ ہم چشمے کے قریب دیہات میں مقیم تھے۔۔۔ کائنات پر ایک نہایت حسین و جمیل چاندنی رات پھیلی ہوئی تھی۔ مسرور اور معطّر نسیم نکہتیں برساتی ہوئی، اٹھکیلیاں کرتی ہوئی پھر رہی تھی۔۔۔ بلبلیں۔۔۔ خواب میں ڈوبے ہوئے شیریں اور موثّر نغمے گا رہی تھیں، میں از خود رفتگی کے عالم میں سبزے پر بیٹھ گئی اور خواب۔۔۔ آہ! محبت کا خواب دیکھنے لگی۔۔۔ اُس رات میں محبّت اور رومان کی پیاسی تھی۔۔۔ اِس قدر پیاسی کہ اِس سے پہلے کبھی نہ ہوئی تھی۔۔۔ اُس رات میں اپنی سادہ اور بے کیف زندگی سے تھکی ہوئی تھی۔۔۔ بیزار تھی۔۔۔ اتنی تھکی ہوئی تھی۔۔۔ اِتنی بیزار تھی۔۔۔ کہ کبھی نہ ہوئی تھی۔۔۔ آہ!۔۔۔ کیا میں اپنی دوسری ہم سنوں کی طرح۔۔۔ دریا کے کنارے۔۔۔ چاندنی کی سہانی چھاؤں میں۔۔۔ ایک جوان عاشق کے ساتھ نہیں ٹہل سکتی؟۔۔۔ آہ! کیا میں بہار کی رات کے شیریں سایوں میں۔۔۔ دو مضبوط اور نوجوان بازوؤں سے گھری ہوئی۔۔۔ انتہائی جذباتی مسرّت سے بے خود نہیں ہو سکتی؟۔۔۔ میں نے چیخنا چاہا۔۔۔ بے اختیار رونا چاہا۔۔۔ بے ضبط ہو کر۔۔۔ بیتاب ہو کر دھاڑیں مار مار کر رونا چاہا۔۔۔ اچانک میں نے اپنے پسِ پشت آہٹ سی محسوس کی۔۔۔ ایک۔۔۔ کوئی مرد کھڑا تھا۔۔۔ میری طرف دیکھ رہا تھا۔۔۔ جیسے ہی میں نے منہ پھیر کر اُس کی طرف دیکھا۔۔۔ وہ آگے بڑھا۔۔۔ میری طرف بڑھا۔۔۔ "تم رو رہی ہو خاتون۔"

میں نے اُسے پہچان لیا۔۔۔ وہ ایک نوجوان تھا۔۔۔ جو کبھی کبھی گھر کے سامنے سے گزرا کرتا تھا۔۔۔ اور اِن سیر گاہوں میں اکثر۔۔۔ اکثر۔۔۔ میری طرف دیکھا کرتا

تھا۔۔۔ حیرت سے مغلوب ہو کر میں اُٹھ کھڑی ہوئی۔۔۔ یہ کہتے ہوئے کہ۔۔۔ "میری طبعیت ناساز ہے۔۔۔"

"وہ میرے ساتھ ٹہلنے لگا۔۔۔ خاموش۔۔۔ ادب واحترام کے ساتھ ٹہلنے لگا۔۔۔ ہم میں باتیں ہونے لگیں۔۔۔ اور آہ!۔۔۔ آپا۔۔۔ آپا وہ منظر کو۔۔۔ تمام حسین مناظر کو بالکل اُسی طرح محسوس کرتا تھا۔۔۔ جس طرح میں۔۔۔ وہ اُنہی اشعار کو پسند کرتا تھا جنھیں میں پسند کرتی تھی۔۔۔ اُس نے دلکش اور سُریلی آواز سے گانا شروع کیا، کائنات کی ہر ایک چیز۔۔۔ میری آنکھوں سے اوجھل ہوگئی۔۔۔ صرف چھِٹکی ہوئی۔۔۔ کھِلی ہوئی چاندنی۔۔۔ اور دریا کا کنارہ۔۔۔ نگاہوں میں بس رہا تھا۔۔۔ اور یہ سب کچھ اِس طرح اِس انداز سے ظہور پذیر ہوا گویا۔۔۔ کسی خواب کا حِصّہ ہو۔۔۔ کسی سحر آلود خواب کا۔۔۔!

اور وہ مرد۔۔۔ وہ مرد۔۔۔ دوسرے دن وہ پھر وہاں ملا۔۔۔ چند منٹ باتیں ہوئیں۔۔۔ اُس نے۔۔۔ مجھے اپنا کارڈ دیا۔۔۔ شیریں اپنی بہن کی گود میں گر پڑی اور اُس کی آنکھوں سے آنسوؤں کا چشمہ بہہ نکلا۔۔۔

بڑی بہن نے نرمی اور شفقت کے لہجہ میں کہا:۔

"ننّھی بہن! اکثر اوقات ہم مردوں سے محبت نہیں کرتیں۔ بلکہ مردوں کی صورت میں خود محبت نمودار ہوتی ہے۔۔۔ اور اُس رات وہ مرد نہیں۔۔۔ بلکہ خود چاندنی رات تھی جو تم سے محبت کر رہی تھی۔۔۔!

(فرنچ افسانہ)(موپاساں)

(۴) سیب کا درخت

پرانے مکان کے ساتھ دو بغیچے تھے۔ پہلا جسے ہم "جنگلی بغیچہ "کہا کرتے تھے، سبزی کی کیاریوں کے دوسری طرف واقع تھا جس میں کچّے اور کڑوے شاہ دانہ، آلو بخارا اور صاف و شفّاف رنگ کے پیلے پیلے آلوچوں کے پیڑ اُگے ہوئے تھے بڑے بڑے گھنیرے درختوں کے سائے نے اُس بغیچے کو اندھیرے میں چھپا رکھا تھا۔ اندھیرے کے ڈر سے ہم نہ تو وہاں کھیلنے جاتے تھے اور نہ گرے پڑے پھل اُٹھالانے کی جرأت کرتے تھے۔ البتہ اُس کے بیچوں بیچ چاروں طرف سے کھُلے ہوئے صحن میں ہر سوموار کی صبح کو ہماری ملازمہ اور دھوبن مختلف کپڑے مثلاً دادی امّاں کا شب خوابی کا لباس، ابّا کی دھاری دار قمیض۔ نوکر کے اونی پاجامے اور خادمہ کے غلیظ اور بدنما گھٹنّے دھو کر سکھانے کے لیے لے جاتی تھی۔ دوسرا بغیچہ مکان سے بہت دور اور نظروں سے چھُپا ہوا، ایک چھوٹی سی پہاڑی کے دامن میں چوپالوں کے باڑوں کے کناروں تک پھیلا ہوا تھا۔ چمکدار اور نیلے کیکروں کے جھنڈ تک ۔۔۔ جن کی پھیلی ہوئی شاخیں، اپنی درانتیوں کی طرح لہراتی ہوئی پتیوں کے ساتھ نیچے کو جھُکی پڑتی تھیں۔

پھل دار پیڑوں کے نیچے اتنی موٹی اور بھدّی گھاس اُگی ہوئی تھی کہ جب کوئی اُدھر سے گزرتا تو اُس کے جوتے اور پیر اُس میں اُلجھ کر رہ جاتے تھے۔ یہ گھاس گرمی کے دنوں میں بھی گیلی رہتی تھی۔ آندھی کے تیز اور طوفانی جھونکوں کے زور سے گرے ہوئے پھلوں کی تلاش میں کوئی وہاں جاتا اور گھاس کے اُلجھیڑوں سے اپنے پیر چھڑانے کے لیے

اُسے ہاتھوں سے اِدھر اُدھر ہٹاتا تو اُس کی نمی کا اچھی طرح احساس ہوتا تھا۔ پرندوں کے کُترے ہوئے پھل، ادھ کھائی ناشپاتیاں کچلی ہوئی بہیاں، جن پر چڑیوں کی چونچ کے نشان ہوتے تھے بڑی تعداد میں گھاس پر اِدھر اُدھر بکھرے پڑے رہتے تھے اور اُن کو نمک لگا لگا کر کھانے سے بڑا مزہ آتا تھا۔ سوندھی سوندھی خوشبو اتنی اچھی ہوتی تھی کہ اُن کو کھانے کی بجائے سونگھنا ہی بھلا معلوم ہوتا تھا۔

ایک سال اُس بغیچے میں، ایک ایسے درخت کا پتہ لگا۔ جس کی حفاظت اور نگہداشت کی سب کو فکر ہوگئی۔ یہ درخت سیب کا تھا، جسے ایک دن شام کو کھانے کے بعد چہل قدمی کرتے ہوئے ابّا جان اور اُن کے ایک دوست نے معلوم کیا تھا۔

"سبحان اللہ۔" ابّا جان کے دوست نے سیب کے درخت کو اتفاقیہ دیکھ لینے پر کہا۔

"کیا یہ ایک۔۔۔ نہیں؟"

اور جس طرح کسی ننھے پودے پر کوئی ایسی چڑیا بیٹھی ہو۔ جس کا ہمیں نام نہ معلوم ہو اور ہم اپنی سمجھ کے مطابق کوئی اچھا سا نام رکھ دیں۔ اُس طرح ابا جان کے دوست نے اِس درخت کو ایک شاندار نام سے یاد کیا۔

"بے شک! تمھارا خیال صحیح ہے!" ابا جان نے آہستہ سے کہا۔ حالانکہ واقعہ یہ تھا کہ اُن کو پھل دار درختوں کے نام تک معلوم نہ تھے۔

"سبحان اللہ!" اُن کے دوست نے دوبارہ کہا۔ "کتنے خوبصورت سیب ہیں شاید ہی کہیں اِن کا ثانی نظر آئے۔۔۔ کتنے شاندار! مگر اِن کو کچا نہ توڑ لینا؟

"نہیں نہیں۔۔۔ واقعی یہ خوب صورت ہیں۔" ابا جان نے درخت کی طرف ایک نئ دلچسپی سے دیکھتے ہوئے مگر بے پروائی کے انداز میں کہا۔

کیسے نادر سیب ہیں۔۔۔ بہت ہی نادر۔۔۔ آج کل انگلستان میں ایسے سیب شاذ و نادر

ہی کہیں نظر آئیں گے۔ یہ کہہ کر مہمان نے والد کی خوشی کو انتہائی درجے تک پہنچا دیا۔

والد ایک خود ساختہ انسان تھے۔ اور جو قیمت اُنہوں نے اپنے مکان اور زمین کی ادا کی تھی وہ اُن کے لیے بہت زیادہ اور تکلیف دہ تھی۔ اِس لیے اُن کو اپنی خریدی ہوئی کسی چیز کی تعریف سے بڑھ کر کسی بات سے خوشی نہیں ہو سکتی تھی۔ وہ ابھی تک جوان اور ذی حِس تھے وہ اب تک کبھی کبھی سوچتے تھے کہ آیا اُن کو روپے میں پورے سولہ آنے کی چیز ملی ہے یا نہیں؟ وہ اب بھی کبھی چاندنی راتوں میں، اِدھر اُدھر ٹہلتے ہوئے گھنٹوں، اپنی دفتر کی روزانہ حاضری سے نجات۔۔ اور ہمیشہ کے لیے نجات حاصل کرنے کی بابت سوچا کرتے تھے!

اب جو اُن کو معلوم ہوا کہ اُن کے باغیچے میں سیب کا ایک قیمتی درخت ہے ایسا شاندار درخت جسے اُن کے انگلستان کے رہنے والے دوست نے بھی رشک و حسد کی نظروں سے دیکھا تھا تو اُن کی خوشی کی کوئی حد نہ رہی۔

"بچّو! اِس درخت کو نہ چھیڑنا سنتے ہو میں کیا کہہ رہا ہوں؟" ابا نے کسی قدر نرمی مگر استقلال کے لہجے میں کہا۔ مگر اپنے دوست کے چلے جانے کے بعد ایک بالکل نئے انداز میں اتنا اضافہ اور کر دیا کہ "اگر میں نے کبھی بھی تم میں سے کسی کو اِن سیبوں کو چھیڑتے ہوئے دیکھا، تو یاد رکھنا، چابک سے تمھاری اچھی طرح خبر لوں گا۔"

اُس دن کے بعد سے والد کا معمول ہو گیا کہ وہ ہر اتوار کی صبح، اِس حالت میں کہ ہم دونوں بہن بھائی دُم کی طرح اُن کے ساتھ لگے رہتے تھے۔ بنفشہ کی پگڈنڈی پر ٹہلتے ہوئے۔ سفید گلاب کی پھلواری سے گزر کر پہاڑی کے دامن والے بغیچے میں پہنچ جاتے تھے۔

ایسا معلوم ہوتا تھا جیسے سیب کے درخت کو بھی اپنی نئی شان اور قیمت کا علم ہو گیا

ہے۔ وہ ایک مغرور دوشیزہ کی طرح اپنے ساتھی سے الگ تھلگ، اپنے خوشوں اور جھمکوں کے بوجھ سے کسی قدر جھکا ہوا، اپنی چمک دار پتیاں، بر سانے میں محو نظر آتا تھا۔۔۔ والد کی نظروں میں اُس کی اہمیت بہت بڑھ گئی تھی۔ اُسے دیکھ کر وہ خوشی کے مارے پھولے نہ سماتے تھے۔۔۔ ہمیں معلوم تھا کہ وہ پھولے نہیں سماتے۔ وہ اپنی پشت پر ہاتھ رکھے سامنے کی طرف نظریں جما دیتے تھے۔ سامنے جہاں حُسنِ اتفاق کی یہ سر سبز مثال مجسّم و متشکّل تھی۔ وہ مثال کہ زمین کا سودا طے کرتے وقت کسی کو اس کا سان و گمان بھی نہ تھا۔ یہ درخت اُس وقت کسی شمار قطار میں نہ تھا۔ اُس کی ایک حبّہ قیمت تک نہ دی گئی تھی اور آج۔۔۔ آج یہ حالت تھی کہ اگر تمام مکان جل کر کوئلہ ہو جاتا تو والد کو اتنی پرواہ ہر گز نہ ہوتی جتنی اِس درخت کی بربادی سے تکلیف پہنچنے کا امکان تھا۔

میں اور بوگی مل کر اِس درخت کے پاس کھیلا کرتے تھے۔ اِس حال میں کہ بوگی کے ہاتھ اُس کی پیٹھ پر ہوتے تھے۔ اور ایک گول ٹوپی اُس کے سر پر۔۔۔ اور اُس کے گھٹنے جھکے ہوئے، جن پر خار دار پودوں اور جھاڑیوں کی رگڑ سے خراشیں نظر آتی تھیں۔

سیبوں کا زردی مائل سبز رنگ، خالص زردی سے بدلنے لگا۔ اُن پر گہرے بادامی رنگ کی لکیریں پیدا ہونے لگیں۔ کچھ دن بعد بادامی رنگ مٹنے لگا اور اُس کی جگہ سرخی پھیلنے لگی۔ رفتہ رفتہ سُرخی نہایت لطیف اور گہرے قرمزی رنگ کی صورت میں چاروں طرف پھیل گئی۔

آخر ایک دن ابّا جان نے اپنی واسکٹ کی جیب سے سیپ کے دستے کا چھوٹا سا چاقو نکالا اور سیب کے درخت پر چڑھ کر نہایت آہستگی اور احتیاط کے ساتھ ایک ٹہنے سے دو سیب توڑے۔

"کتنے گرم ہیں۔" وہ تعجب کے لہجے میں چلّائے "حیرت انگیز۔۔۔ شاندار۔"۔۔۔

وہ خوشی کے عالم میں دونوں سیبوں کو اپنے ہاتھوں میں اچھال رہے تھے۔

"اِدھر دیکھو!" درخت سے اُتر کر اُنھوں نے کہا۔ "کہیں بھی کوئی دھبّہ یا نشان نظر نہیں آتا۔"

وہ سیبوں کو ہاتھ میں لیے ایک گرے ہوئے درخت کے ٹہنے پر جا بیٹھے۔ ہم دونوں بہن بھائی جو جھاڑیوں سے اُلجھتے اور گرتے پڑتے ٹھوکریں کھاتے اُن کے پیچھے پیچھے گئے تھے۔ اُن کے دائیں بائیں بیٹھ گئے۔ اُنھوں نے ایک سیب گود میں رکھا اور دوسرے کو ہاتھ میں لے کر چاقو کھولا۔ پھر نہایت صفائی اور احتیاط سے سیب کے دو ٹکڑے کیے۔

"آہاہا۔ ذرا اِس کی طرف دیکھو!" وہ فرطِ خوشی سے چلّائے۔

"ابا!!" ہم سے بھی اپنی معصومانہ خوشی ضبط نہ ہوئی۔ چھلکے کے سُرخ رنگ کے اندر سے سفید گودا بہت ہی بھلا معلوم ہوتا تھا۔ بیچ میں چمکدار اور سیاہ رنگ کے بیج بہت ہی خوب صورتی سے جمے ہوئے تھے۔ جس سطح پر وہ جمے ہوئے تھے اُس کا رنگ بادامی تھا۔ جیسے تمام سیب کو شراب میں ڈبویا گیا ہو۔

"ایسے سیب تو کبھی بھی دیکھنے میں نہیں آئے۔" ابّا نے خوش ہوتے ہوئے کہا۔ "اگر میں منع نہ کرتا اور تم اِن کو توڑ لیتے تو یہ سیب ایسے ہر گز نہ ہوتے۔"

وہ سیب کے ٹکڑے کو اپنے ناک کے قریب لے گئے اور بولے 'کیسی لذیذ خوشبو ہے۔۔ لذیذ!" یہ کہہ کر اُنھوں نے آدھے سیب کے ٹکڑے کیے۔ اور ایک ایک ٹکڑا میرے اور بوگی کے حوالے کیا۔

"ابھی نہ کھانا" ابّا نے کہا۔۔۔ ہم اپنے اپنے حصّے کے ٹکڑے ہاتھ میں لیے اور خاموش بیٹھے رہے۔ اِس کے بعد اُنھوں نے باقی نصف سیب کے بھی پوری نفاست اور احتیاط سے دو ٹکڑے کیے اور ہمیں کھانے کی اجازت دی۔

میری نظریں بوگی پر جمی ہوئی تھیں۔ ہم نے ایک ساتھ اپنے اپنے ٹکڑے پر منہ جو مارا ہمارا منہ سیب کے گودے سے بھر گیا۔ گودا بہت سخت اور بے حد کڑوا تھا۔ نہایت بدمزہ اور ناگوار۔۔۔!

"کیوں کیسا ہے؟" والد نے انتہائی مسّرت کے عالم میں پوچھا۔ اُنھوں نے اپنے حِصّے کے سیب کے چار ٹکڑے کر لیے تھے۔ اور چاقو کی نوک سے اُس کے بیج نکال رہے تھے۔

"کیوں؟" اُنہوں نے پھر دریافت کیا۔ میں نے اور بوگی نے سیب کو جلدی جلدی چباتے ہوئے پھر ایک دوسرے کی طرف دیکھا۔ چبانے اور نگلنے کی اِس مختصر اور ایک لمحی مدّت میں ہم نے ایک طویل اور خاموش گفتگو آنکھوں آنکھوں میں کر لی اور ایک عجیب اور معنی خیز مسکراہٹ ہمارے ہونٹوں پر پیدا ہو گئی۔

"بہت مزیدار!" ہم نے بالکل چھوٹ کہا۔ "ابا" بہت ہی مزے دار بہت ہی خوش ذائقہ!"

مگر ہماری غلط گوئی کا کوئی فائدہ نہ ہوا۔ ابّا نے سیب کا ٹکڑا فوراً تھوک دیا اور پھر وہ کبھی اُس سیب کے درخت کے پاس تک نہ پھٹکے۔

(انگریزی افسانہ)

(۵) پاسپورٹ

میونخ کے ایک معمولی سے کیفے میں کم سے کم ساٹھ ستّر آدمی بیٹھے تھے۔ سگریٹ کے دھوئیں اور بیئر کی بُو سے دماغ پریشان ہوا جا رہا تھا۔ دروازے پر لگا ہوا صاف کرنے کا پنکھا مسلسل چل رہا تھا۔ پھر بھی دھواں کم نہ ہوتا تھا۔ میونخ کے قد آور اور لحیم شحیم باشندے بیئر کے بھاری بھاری گلاس سامنے رکھے اندھا دھند سگریٹ کے دھوئیں اُڑا رہے تھے اور گپّیں ہانگ رہے تھے اور جو لوگ سُن رہے تھے وہ کبھی کبھی گلاس اُٹھا کر ایک گھونٹ پی لیتے پھر اُسے زور سے میز پر رکھتے ہوئے کہتے "اِس میں کیا شک ہے ؟"، "ہاں تو پھر کیا ہوا؟" "ہاں یہ تو ہے ہی۔" ایسا معلوم ہوتا تھا یہ لوگ بیئر اور سگریٹ پینے اور تمام دنیا کی بے پر کی اُڑانے کے لیے وقف ہو کر بیٹھے ہیں۔ لیکن میں اور میرے لندنی دوست مسٹر جوشی دو مہینے کی چھٹّیوں میں جرمنی کی سیر کے لیے آئے تھے اور اتفاقاً اِس کیفے میں آ گھُسے تھے یہاں کے ماحول سے دب سے گئے تھے۔

ہم بل ادا کرنے کے لیے ملازم کو بلانے کا ارادہ ہی کر رہے تھے کہ دروازے کا پردہ ہٹا اور سفید چمڑے کے دستانے اُتارتی ہوئی دو دوشیزائیں اندر داخل ہوئیں لیکن یہاں کا رنگ ڈھنگ دیکھ کر واپس جانے لگیں۔ یہاں جو لوگ بیٹھے ہوئے تھے۔ اُن میں عورتیں دو ہی چار تھیں وہ بھی شباب باختہ اور ادھیڑ عمر کی۔ مردوں میں سے کئی آنے والی دوشیزاؤں کو گھورنے لگے شاید اُنہیں خبر نہ تھی کہ اِس طرح اجنبی دوشیزاؤں کو نگاہوں کے ناوکوں پر رکھ لینا کس قدر خلافِ تہذیب ہے۔ یہ لوگ زیادہ تر معمولی طبقے سے تعلق

رکھتے تھے۔

ہم دونوں کے کیفے میں داخل ہوتے وقت بھی اُنہوں نے ہمیں اسی طرح گھُور گھور کر دیکھا تھا۔ اِس لیے نہیں کہ اِن دوشیزاؤں کی طرح ہم بھی حسین و جمیل تھے اور ہم میں بھی کوئی کشش و جاذبیّت تھی بلکہ اِس لیے کہ ہم رنگین چمڑے والے بدیشی اِن سفید فاموں کے لیے ایک طرح کا تماشا معلوم ہو رہے تھے۔ چنانچہ بعض نے ہم پر ریمارک بھی کَسے تھے۔ میں نے میونخ والوں کی بد تہذیبی کی شکایت کی ہے۔ لیکن اِس سے یہ نہ سمجھئے گا کہ ہم دونوں اُس وقت بہت نیک نظر اور مہذّب تھے بلکہ ہم بھی اُنہیں دوشیزاؤں کی طرف دیکھ رہے تھے۔ بات یہ ہے کہ دیر سے کیفے میں بیٹھے بیٹھے طبیعت بے کیف ہو رہی تھی کہ دو حسین دوشیزاؤں کا اِس طرح ایک معمولی سے کیفے میں آ جانا ہمارے لیے لازمی طور پر توجّہ اور دلچسپی کا ذریعہ بن گیا۔ یوں تو سڑک پر، ٹرام میں اور دوکانوں پر سینکڑوں کی تعداد میں دوشیزائیں نظر آتی رہتی تھیں۔ لیکن ہمیں شاید ہی کسی کی طرف نہ دیکھنے کی رغبت ہوتی ہو۔

بہرحال وہ دونوں دوشیزائیں اِدھر اُدھر دیکھ کر لوٹنا ہی چاہتی تھیں کہ اُن کی نظر ہم دونوں پر پڑ گئی۔ ایک آن ہماری طرف دیکھنے کے بعد اُن میں سے ایک نے دوسری سے کچھ کہا۔ پھر وہ متعدّد میزوں اور کرسیوں سے گُزرتی ہوئی ہماری میز پر آ کر پوچھنے لگیں۔ "کیا یہ دو سیٹیں خالی ہیں؟" بالکل خالی تو کوئی میز نہ تھی اور تھوڑی سی تلاش کے بعد کم از کم چار پانچ میزیں ایسی نکل سکتی تھیں جہاں دو نشستیں بآسانی مل جاتیں۔ لیکن شاید اُن دوشیزاؤں نے اپنے پست حیثیت ہموطنوں کی بجائے اپنی معیّت کے لیے ہم بدیشیوں کو زیادہ موزوں سمجھا۔

میں نے انگریزی میں جواب دیا۔ "جی ہاں خالی ہیں۔"

وہ کچھ جھجکتی ہوئی بیٹھ گئیں اور نوکرانی سے کافی منگا کر پینے لگیں۔

اُن دوشیزاؤں کے آجانے کے بعد ہم نے اپنے جانے کا ارادہ ملتوی کر دیا۔ کچھ دیر کے سکوت کے بعد ایک دوشیزہ نے دوسری سے جرمن میں کہا۔ "عجیب کیفے "میں اُس دوشیزہ کے انگریزی لب ولہجے ہی سے سمجھ گیا تھا کہ وہ جرمن ہیں اِس خیال سے کہ ہم جرمن زبان نہ سمجھتے ہوں۔ اُس نے مجھ سے انگریزی میں سوال کیا تھا۔ اُن دونوں کی وضع و قطع اور طرزِ گفتگو سے ظاہر ہوتا تھا کہ وہ کسی تعلیم یافتہ اور مہذّب خاندان سے تعلق رکھتی ہیں۔ اُن کا انگریزی جاننا بھی اِسی قرینے پر دلالت کرتا تھا۔ کیونکہ معمولی درجے کے جرمن علی العموم انگریزی نہیں جانتے۔ شکل و شباہت سے دونوں بہنیں معلوم ہوتی تھیں۔ چھوٹی کی عمر اٹھّارہ سال کے قریب تھی اور بڑی کی بیس بائیس سال کے قریب، دونوں ایک حد تک حسین اور جاذبِ توجّہ تھیں۔ خصوصاً اُن کی آنکھیں۔

(٦) نپولین کی محبوبہ

نپولین ملک پر ملک مسخّر کرتا اور فتح کے پرچم اُڑاتا مصر پہنچ چکا تھا کہ یکایک برطانوی بیڑے نے فرانسیسی جہازوں کا محاصرہ کر کے اُنھیں بے کار کر ڈالا اور یورپ کا فاتحِ اعظم کچھ عرصہ کے لیے مصر میں ہاتھ پر ہاتھ دھرے بیٹھ رہنے پر مجبور ہو گیا۔ لیکن نپولین نے جیسی بے قرار طبعیت پائی تھی ویسے ہی قدرت کی طرف سے اُس کے لیے سامان ہو جاتے تھے۔ اگر جنگ کا دیوتا تھوڑے دنوں کے لیے مہلت دیتا تو کام دیو آن موجود ہوتا اور نپولین ملکی فتوحات کی جگہ نسوانی دلوں کی تسخیر میں مشغول ہو جاتا۔

بیکاری کے دنوں میں نپولین قدرتی طور پر بہت بے قرار تھا۔ مصر کے ایک عرب سردار نے شہنشاہ کی خوشنودی کے لیے چند حسین کنیزیں منتخب کر کے اُس کی خدمت میں تحفہ بھیجیں۔ لیکن اُن میں سے کوئی نپولین کو پسند نہ آئی۔ اِس لیے سب کی سب واپس کر دی گئیں۔ اُن کا حسنِ ملیح۔ گدرایا ہوا جوبن، ناز اور کرشمے بے شک بہت دل کش تھے۔ لیکن اُن کی کمر کی لچک مغربی تتلیوں کا مقابلہ نہ کر سکتی تھی اور یہ عیب نفاست پسند شہنشاہ کی نظر میں بہت بڑا تھا۔

آخر قدرت نے نپولین کے دل کی تسکین کا سامان کر دیا۔ ایک دن قاہرہ کے بازار میں ایک نوجوان فرانسیسی حسینہ نظر پڑی جسے دیکھتے ہی شہنشاہ کا صبر و قرار جاتا رہا۔ حسینہ گھوڑے پر سوار تھی۔ جب وہ نظروں سے اوجھل ہو گئی تو نپولین نے اپنے جرنیل سے پوچھا۔ "یہ عورت قاہرہ کیسے آگئی؟"

جرنیل سب کچھ سمجھ چکا تھا۔ عرض کی کہ یہ ایک لفٹنٹ کی بیوی ہے اگرچہ حضور نے حکم دے رکھا تھا کہ کوئی سپاہی اپنی بیوی کو ساتھ نہ لے جائے مگر یہ مردانہ لباس میں یہاں آ پہنچی۔ اِس کی پوشیدہ آمد کا راز آج سے چند روز پہلے کسی کو معلوم نہ تھا۔

نپولین کے منہ سے بے ساختہ نکلا۔ "اتنی دلیری۔ اُف کتنی خوبصورت ہے یہ!"

دوسرے ہی دن میڈم فورے حیرت سے آنکھیں پھاڑ پھاڑ کر ایک دعوتی کارڈ پڑھ رہی تھی۔ جو اُسے جرنیل کی طرف سے موصول ہوا تھا۔ شام کو خاوند سے ذکر کیا تو وہ آپے سے باہر ہو گیا۔ کہنے لگا:۔

میں تمہیں ہرگز اِس دعوت میں شریک ہونے کی اجازت نہ دوں گا۔ اگر بلانا تھا۔ دونوں کو بُلاتے۔ تمہیں بُلا لینا اور مجھے نظر انداز کر دینا میری کھلی ہوئی توہین ہے۔"

لیکن میڈم فورے خاوند کی ہم خیال نہ تھی۔ اُس کے نزدیک یہ ایک غیر معمولی عزّت تھی۔ اِس لیے وہ اِس موقع کو ہاتھ سے کھو دینے کے لیے تیار نہ تھی۔ اُس کے علاوہ ناجائز اولاد اور خوب صورت عورت عام طور پر چنچل اور ضدی ہوتی ہے میڈم فورے بھی ایک کنواری ماں کی بیٹی تھی۔ اِس لیے اُسے اپنے خاوند کا یہ رویّہ بہت برا معلوم ہوا اور منع کے باوجود دعوت میں چلی گئی۔

جب وہ اپنی شوخ نگاہوں سے دیکھنے والوں کے دلوں کو برماتی اور مُردہ دل زاہدوں کے سینوں میں ہلچل پیدا کرتی ہوئی جرنیل کے مکان پر پہنچی تو وہاں جرنیل۔ اُس کی بیوی اور تین دوسرے مہمانوں کے سوا کوئی نہ تھا۔ کچھ دیر تک اِدھر اُدھر کی باتیں ہوتی رہیں۔ میڈم فورے پردیس میں عیش و مسرّت کا یہ موقع پا کر بہت خوش تھی۔ اتنے میں یکایک دروازہ کھلا اور سب کے سب تعظیم کے لیے کھڑے ہوگئے۔ میڈم فورے نے نظر اُٹھا کر دیکھا تو فرانس کا بادشاہ اور یورپ کا سب سے بڑا فاتح ایک بے ہنگم سا سبز کوٹ پہنے

اُس کے سامنے کھڑا تھا۔ وہ ایک کرسی پر بیٹھ گیا۔ تو جرنیل نے بہترین فواکہ کی طشتریاں اُٹھا کر اُس کے سامنے رکھ دیں۔ لیکن وہ کہنے لگا مجھے اِن کی ضرورت نہیں۔ البتہ تمھاری خاطر سے تھوڑا سا قہوہ پئے لیتا ہوں۔

مہمان کھانے میں مصروف ہو گئے مگر نپولین ٹکٹکی لگائے میڈم فورے کی طرف دیکھ رہا تھا۔ پالین یعنی میڈم فورے کو بھی اِس بات کا احساس تھا کہ وہ اتنی بڑی شخصیت کی توجہ کا مرکز بنی ہوئی ہے۔ اُس کا دل بلّیوں اُچھل رہا تھا۔ لیکن کچھ دیر کے بعد نپولین چپ چاپ وہاں سے اُٹھ کر چلا گیا۔ بظاہر سب لوگ نپولین کے اِس طرح چلے جانے پر حیران تھے۔ لیکن میڈم فورے کو اِس سے بہت صدمہ ہوا کیونکہ اُس نے نپولین کی توجّہ سے بہت سی اُمیدیں قائم کرلی تھیں۔

لیکن سب سے زیادہ گھبراہٹ کا اظہار جرنیل کی طرف سے ہوا۔ اُس کے ہاتھ سے قہوہ کی پیالی چھوٹ کر زمین پر گر پڑی اور اُس کے چند چھینٹے میڈم فورے پر بھی پڑ گئے۔ جن کے باعث اُس کا خوش نما فراک خراب ہو گیا۔ جرنیل نے اُس سے معذرت کی۔ لیکن جرنیل کی بیوی کہنے لگی۔ تم اندر چلو۔ یہ کپڑے اُتار ڈالو۔ میں تمھیں اپنا نیا فراک دیتی ہوں وہ پہن کر جانا۔

پالین اُٹھ کر اندر چلی گئی۔ لیکن ابھی وہ مناسب کپڑوں کے متعلق غور ہی کر رہی تھی کہ نپولین کمرہ میں داخل ہوا۔ دوسرے ہی لمحے۔ اُس کی کمر کے گرد بادشاہ کے طاقتور ہاتھ حمائل تھے اور لبوں پر بوسوں کا تار بندھ رہا تھا۔ اُس رات پالین بڑی رات گئے نپولین کی خواب گاہ سے نکلی۔ اُس وقت اس کے ہونٹوں پر ایک خوب صورت گیت کھیل رہا تھا۔ اور دل کی گہرائیوں میں ایک نہایت ہی اہم اور بہت ہی محبوب راز پوشیدہ تھا۔

چند روز کے بعد لفٹنٹ فورے کے سپرد ایک بہت بڑی خدمت کی گئی۔ اُس کے پاس نپولین کے خفیہ کاغذات تھے اور وہ شاہی جہاز میں سوار ہو کر فرانس جا رہا تھا۔ لیکن اُس کی بیوی میڈم فورے کو فرانس بھیجنا مناسب نہ تھا۔ اُسے سمجھا دیا گیا۔ بلکہ اُسے مصر ہی میں رہنے دیا گیا۔ کیونکہ اِس میں جان کا خطرہ تھا۔ لفٹنٹ فورے اپنی اِس عزّت افزائی پر بڑا خوش تھا۔ وہ پھولا نہ سماتا تھا کہ اِس قدر اہم کام اُس کے سپرد کیا گیا ہے۔ لیکن بحیرہ روم میں ایک برطانوی جہاز نے اُس کے جہاز پر حملہ کر دیا اور توپوں کے زور سے فرانس کے شاہی جہاز پر قبضہ کر لیا۔ ذرا سی دیر کے بعد انگریز افسر اُس جہاز پر آ دھمکے۔ اُن میں برطانیہ کا مشہور جاسوس بارنیٹ بھی تھا۔ وہ لفٹنٹ فورے کو اپنے کمرہ میں لے گیا۔ اور وہاں کچھ ایسی باتیں کیں کہ لفٹنٹ جوش میں آ کر کہنے لگا:۔

تم جھوٹ بکتے ہو مجھے نپولین اور اپنی بیوی پر اعتبار ہے۔ تم دشمن کے جاسوس ہو۔ میں دشمن کی بات کا اعتبار کیوں کروں؟"

بارنیٹ نے جواب دیا: "اگر تم چاہو تو سب کچھ اپنی آنکھوں سے دیکھ سکتے ہو۔ میرے ساتھ مصر چلو۔ وہاں اگر ذرا سی ہمّت سے کام لو تو اپنی بیوی کو اپنے بادشاہ کی آغوش میں دیکھ لو گے۔" قاہرہ پہنچ کر بارنیٹ نے لفٹنٹ کو ایک شخص کے ساتھ کر دیا اور کہا "جاؤ اور جو کچھ میں نے کہا تھا۔ اُس کا ثبوت اپنی آنکھوں سے دیکھ لو۔ بس ذرا سی ہمّت درکار ہے۔" لفٹنٹ نپولین کی خواب گاہ کی طرف چلا۔ پہرہ دار اُونگھ رہا تھا۔ آگے بڑھا تو فرانسیسی سپاہی بھی خواب آلود آنکھوں سے اُس کی وردی دیکھ کر مطمئن ہو گئے اور وہ سیدھا خوابگاہ کی طرف بڑھتا گیا۔

دروازہ اندر سے بند تھا۔ لیکن ایک ہی دھکّے میں کھُل گیا۔ لفٹنٹ نے دیکھا کہ اُس کی بیوی ایک آراستہ اور مکلّف پلنگ پر لیٹی ہوئی ہے۔ غصّے اور انتقام کی آگ بھڑک

اُٹھی۔ چاہتا تھا کہ پستول کی ایک ہی گولی سے اِس خوب صورت ناگن کا خاتمہ کر دے لیکن پھر ارادہ بدل لیا۔ وہ اُسے اذیتیں دے دے کر ہلاک کرنا چاہتا تھا اور پستول سے مار ڈالنا گویا اُس بے وفا پر رحم کرنا تھا۔ اِدھر اُدھر نظر دوڑائی تو ایک ہنٹر دکھائی دیا۔ وہی اُٹھا لیا اور اندھا دھُند بیوی کے برہنہ جسم پر برسانے لگا۔

پالین پہلے تو دہشت کے مارے خوف زدہ تھی لیکن پھر اُس کی چیخیں نکل گئیں۔ سنتری پہرے دار دوڑے آئے لیکن دروازہ اندر سے بند تھا۔ یکایک ایک اندرونی دروازہ کھلا اور ایک شخص شب خوابی کے لباس میں اندر داخل ہوا۔ لفٹنٹ نے پیچھے مُڑ کر دیکھا تو نپولین تھا۔ اُس کی آنکھوں سے شعلے برسنے لگے۔ دیوانہ وار نپولین کی طرف بڑھا۔ اُسوقت اُسکے ہاتھ میں پستول تھا۔ اور لبوں پر ایک وحشیانہ مسکراہٹ۔ یورپ کا فاتحِ اعظم اور یورپی اقوام کی قسمتوں کا مالک اُس وقت ایک معمولی لفٹنٹ کے ہاتھ میں تھا۔ دانت پیستے ہوئے اُس نے کہا" یہ کتا سمجھتا ہے کہ میری بیوی کو چُرا کر اُس کی محبّت پر ڈاکہ ڈال کر اور میرا آرام و سکون برباد کر کے خود عیش اُڑائے گا۔ میں ابھی مزہ چکھائے دیتا ہوں۔"

وہ سوچنے لگا کہ سینکڑوں لڑائیوں کا فاتح آج میرے قابو میں ہے۔ اب دوزانو ہو کر مجھ سے رحم کی درخواست کرے گا اور کہے گا کہ بہادر لفٹنٹ میرا قصور معاف کر دو۔۔۔ اور میں اِسی پستول سے اِسے کتے کی موت مار ڈالوں گا۔"

لفٹنٹ یہ سوچ رہا تھا۔ اور نپولین اُس کی آنکھوں میں آنکھیں ڈالے وقار و استقلال کی تصویر بنا اُس کی طرف دیکھ رہا تھا۔ لفٹنٹ کی نگاہیں فاتح اعظم کی نگاہوں کی تاب نہ لا سکیں۔

یہ آنکھوں کی لڑائی دراصل جبروت، قوّتِ ارادی اور استقلال کی لڑائی تھی غریب سپاہی کو شہنشاہ کی مسحور کن نگاہوں نے بے دست و پا کر دیا۔ وہ پریشان نظر آنے لگا۔

اُسے شب خوابی کے لباس میں بھی نپولین ویسا ہی قاہر اور خوفناک معلوم ہونے لگا جیسا میدان جنگ میں۔ اُس کے ہاتھوں سے پستول گر پڑا۔ نپولین نے فوجی انداز میں حکم دیا۔ "دروازہ کھولو۔" لفٹنٹ نے حکم کی تعمیل کی اور چپ چاپ باہر نکل گیا۔

لفٹنٹ فورے کو موت کی سزا نہیں دی گئی۔ نپولین اپنی محبوبہ کے خاوند سے مزید انتقام نہیں لینا چاہتا تھا۔ اُسے آم کھانے سے غرض تھی۔ درخت کاٹنے سے کام نہ تھا۔ وہ تو صرف پالین کے حُسنِ جہاں سوز کی بہار لُوٹنا چاہتا تھا۔۔۔ اُس وقت تک جب تک کہ اُس کی طبیعت کسی اور طرف مائل نہ ہو جائے۔

نپولین (فاتح اعظم یورپ) کے عشق کا یہی انداز تھا۔

(انگریزی افسانہ)

(۷) شہنائی

افراد

بادشاہ۔۔۔

جیگو۔۔۔ وزیر

مئی۔۔۔ شہزادی

لزینا۔۔۔ شہزادی کی معلّمہ

طیفنی۔۔۔ شہزادی کی سہیلی

ڈینس۔۔۔ شہزادہ

برنز۔۔۔ اُس کا وزیر

(اِن کے علاوہ سپاہی۔ محافظ۔ مرزینہ۔ ہیلنا اور بہت سی نوجوان لڑکیاں، لوگوں کا مجمع وغیرہ)

منظر:-

محل کا پائیں باغ، کہیں کہیں مجسّمے ایستادہ ہیں۔۔۔ بہت ہی خوب صورت اور دلکش، اِن میں ایک ستون بغیر مجسّمے کے بھی ہے۔

(بادشاہ۔ جیگو اور لزینا داخل ہوتے ہیں۔ اور باغ کی ایک نشست کی طرف بڑھتے ہیں۔ بادشاہ بیٹھ جاتا ہے اور اپنے آپ کو پنکھا جھلتا ہے)

بادشاہ: مجھے کہتے ہو کہ میں آپے سے باہر نہ ہوں؟ پانی سر سے گزر جائے تو اپنے

آپ کو کیونکر سنبھالوں؟ جیگو! تم تو ہر وقت اپنی تاریخ دانی بلکہ ہمہ دانی پر فخر کیا کرتے ہو۔ ذرا بتاؤ تو سہی کسی اور بھی بادشاہ پر ایسا وقت پڑا ہے۔۔۔ میں تو عجیب جنجال میں پھنس گیا ہوں!

جیگو: جہاں پناہ! شوخ و شریر اور دلیر شہزادیوں کے تذکروں سے تاریخ بھری پڑی ہے۔

بادشاہ: جیگو! صرف شاہی خاندانوں میں؟ میرا قیاس ہے صرف قیاس۔۔۔ کہ نا فرماں بردار اور سرکش اولاد صرف شاہی خاندانوں کے لیے ہی مخصوص نہیں ہے۔

جیگو: میں صرف اتنا عرض کروں گا کہ شہزادی کی شگفتہ مزاجی اُس کے شاہی منصب کے لیے موزوں ہے۔

بادشاہ: میں یہ سوچنا تک نہیں چاہتا کہ میری رعایا میں سے بعض لڑکیاں ایسی ہوں گی جو اپنے والدین کی حکم عدولی کرتی ہوں گی! بہر صورت بادشاہ کا کچھ اختیار تو ہے نا؟

جیگو: بیشک! جہاں پناہ۔

بادشاہ: اور وزراء کے فرائض بھی ہوتے ہیں جیگو۔ اِس وقت تمہارا اہم فرض تو یہ تھا کہ تم مجھے مشورہ دیتے۔ لیکن تم خاموش ہو۔ آخر میں ایسی بیٹی کا کیا کروں جو شادی سے پہلے اپنے منگیتر کو دیکھنا چاہتی ہے۔

جیگو: بے شک قبلۂ عالم ایسا تو پہلے کبھی نہیں ہوا۔

بادشاہ: ابھی ابھی تم کہہ رہے تھے کہ تاریخ ایسے واقعات سے بھری پڑی ہے۔ شہزادے بھی اِسی طرح کرتے ہیں۔ میں خود۔۔۔

جیگو: آہ!

بادشاہ: ہاں! ہاں!! تمہیں خوب یاد ہو گا۔ آج مجھے اپنے باپ سے ہمدردی ہے۔ اُس

وقت اُس نے بہت زور۔۔۔ خیر یہ تو میری کمزوری تھی! لڑکیوں کا معاملہ اور ہے (معلّمہ سے مخاطب ہو کر) لزینا تم نے شہزادی کو پوری طرح اپنی تحویل میں لے لیا ہے؟

لزینا: ہاں عالم پناہ!

بادشاہ: اگر وہ راہِ راست پر نہیں آتی تو یہ کس کا قصور ہے؟ کیوں نہ تمہیں اندھیری کوٹھڑی میں چوہوں کی خوراک بننے کو پھینک دیا جائے؟

لزینا: حضور! جان بخشی کیجئے۔

بادشاہ: تو شہزادی کو راہِ راست پر لاؤ (اُٹھتے ہوئے) میں تو بالکل مایوس ہو چکا ہوں۔ اگر آج شام کو شادی کی رسم ادا نہ ہوئی تو تم دونوں تاریک کوٹھڑیوں میں پابجولاں پھینک دیے جاؤ گے۔ اطلاع آئی ہے کہ اِس وقت شہزادہ یہاں سے دس میل کے فاصلہ پر ہے۔ کوئی دم میں یہاں آیا چاہتا ہے۔ اگر اُس کی آمد سے پیشتر شہزادی نے شادی کا لباس نہ پہنا اور اپنی رضامندی کا اظہار نہ کیا تو تم دونوں کو ایسا خوفناک عذاب دے کر مار ڈالوں گا کہ اُس کے خیال سے مجھے بھی تھرتھری محسوس ہو رہی ہے۔

لزینا: عالم پناہ! شہزادی کا ارادہ نہایت مضبوط اور تحکمانہ ہے اُسے کوئی شخص متزلزل نہ کر سکے گا۔ وہ تو۔۔۔

بادشاہ: خیر! کچھ بھی ہو۔ اب تو سب کچھ تمہارے ہاتھوں میں ہے؟ اور کیا چاہتی ہو؟ میں نے اپنے اختیارات تم دونوں کو دے دیے ہیں۔ کوئی اور بات کرو۔ تاکہ مجھے کچھ اور سکون ہو۔ جیگو! ذرا دیکھنا میرا تاج سیدھا ہے نہ؟ جب میں غضبناک ہوتا ہوں تو یہ اکثر اپنی جگہ سے کھسک جایا کرتا ہے۔

جیگو: حضور! آپ کا تاج؟

بادشاہ: میں خوشامد کو پسند نہیں کرتا۔ اب تم کہو گے یہ اپنی جگہ سے کبھی نہیں

کھسکتا۔

جیگو: لیکن آپ تو ننگے سر ہیں جہاں پناہ!

بادشاہ: کیا کہا؟ (اپنے سر کو دونوں ہاتھوں سے چھُوتا ہے۔ جیگو! تمہیں خبردار کیے دیتا ہوں اور تمہیں بھی لزینا! تم میری پریشانی کا خوب اندازہ کر سکتے ہو۔۔ میری بدحواسی کا۔ میں ایسے موقع پر تاج پہننا بھول گیا ہوں۔ اُف!

(جب بادشاہ جانے لگتا ہے تو شہزادی مئی اور اُس کی رازدار کنیز طیفنی داخل ہوتی ہیں)

بادشاہ: ابھی تک شادی کا لباس نہیں پہنا؟

شہزادی: شادی کا لباس شادی کے لیے ہوتا ہے۔ میری شادی اُسی وقت ہو سکتی ہے جب کہ مجھے کوئی۔۔۔

بادشاہ: (لزینا سے مخاطب ہو کر) کیا تم نے شہزادی کو یہی آدابِ شاہی سکھائے ہیں؟

شہزادی: میری معلّمہ نے مجھے سب کچھ سکھا دیا ہے اِسی لیے تو میں کہہ رہی ہوں کہ جب تک میں دیکھ نہ لوں۔ شادی کے لیے کیونکر رضامند ہو سکتی ہوں؟

(۸) مولسری کے پھول

اُس دن کے بعد کتنی بہاریں آئیں اور چلی گئیں۔۔۔!

اُس وقت سے اب تک ہر بہار میں، جب بھی پھولوں کا موسم قریب آتا ہے اُس دن کے تاثّرات میری نگاہوں میں مجسّم ہو جاتے اور آنکھوں میں بے اختیار آنسو بھر آتے ہیں۔۔۔!

بہار یا، برسات کا آغاز تھا۔ ہم حسبِ معمول اپنے مخصوص ساحلی ٹیلے پر بیٹھے ہوئے، غروب آفتاب کا سہانا سماں دیکھ رہے تھے۔ دریا کی ہلکی ہلکی دھیمی دھیمی لہریں آپس میں ٹکراتی اور چُہلیں کرتی ہمارے سامنے گزر رہی تھیں۔ کامل سکوت کا عالم تھا۔ جسے کبھی کبھی موجوں کی ٹکّریں، چرواہوں کی صدائیں یا دُور دراز کی راہوں سے آنے جانے والے چھکڑوں کی آوازیں چھیڑ دیتی تھیں۔ اِس کے سوا کوئی چیز ایسی نہ تھی جس سے خیالات اور افکار کی یکسوئی و خاموشی کو ٹھیس لگے۔۔۔

اُس کی آنکھیں اُفق پر جمی ہوئی تھیں اور وہ بادلوں کی قرمزی رنگ قطاروں میں محو تھا۔۔۔ قریب کے کھیتوں سے آنے والی، عنفوانِ بہار کے ابتدائی سانسوں کی بھینی بھینی خوشبو، ہمارے دماغوں کو مست و مسرور کر رہی تھی۔۔۔

دریا کے اُس پار جہاں تک نظر کام کرتی تھی، کشت زاروں کے زمرّدیں مناظر اور سبزے کی وہ ابتدائی مخملی صورتیں، جو ابھی سبزہ نہ بنی تھیں۔۔۔ آنکھوں کو طراوت بخش رہی تھیں۔۔۔

اُس کی آواز میں، ہمیشہ کی طرح حسرت و غم کی تاثیر موجود تھی۔۔۔ وہ آہستہ آہستہ ،رُکتے رُکتے، جھجکتے جھجکتے باتیں کرتا تھا۔۔۔ دفعتاً اُس نے اپنی نگاہوں کو اُفق سے ہٹا کر دریا کی طرف متوجّہ کر دیا اور مقابل کے ساحل پر بچھے ہوئے سبزہ زاروں کو ایک نظر دیکھ کر مجھ سے پوچھا:۔

"درختوں میں پھول آنے لگے ہونگے ،اب تو۔۔؟"

"میرا خیال ہے آس پاس کے باغوں میں تو نہیں۔"

"مولسری میں کب تک آئیں گے ؟"

"شاید بیس روز تک"

پھر میں نے دریافت کیا:۔

"مولسری کے پھُول بہت پسند ہیں آپ کو؟۔۔ آپ نے پچھلے چند دنوں میں دو تین مرتبہ یہی سوال دُہرایا ہے۔۔؟"

"صرف۔۔ مگر۔۔ کیا آپ کو مولسری کے پھول پسند نہیں؟ کیسے خوش نما معلوم ہوتے ہیں؟

"کیوں نہیں۔۔ بڑے خوبصورت۔۔ مگر دوسرے پھول بھی تو کچھ کم نہیں۔۔ مثلاً بیلا، ہزارہ، جوہی اور چنبیلی کے پھولوں کے بارے میں آپ کا کیا خیال ہے ؟"

"ہاں۔۔ مگر مولسری کے پھُول۔۔ وہ مجھے کچھ اسرار آلود سے نظر آتے ہیں۔۔ اُن کی سفیدی۔۔ "اور وہ خاموش ہو گیا۔

میں نے اصرار کیا کہ اپنی بات تو پوری کیجئے۔

"مولسری کے پھولوں سے میری زندگی کی ایک تلخ یاد وابستہ ہے۔۔ اجازت ہو تو

عرض کروں۔۔۔"

۔۔۔اُس کا لہجہ پہلے سے زیادہ گہرا اور غم انگیز ہو گیا۔

"ہماری شادی کو ایک سال گزرا تھا ہمارے ازدواجی تعلّقات نہایت صمیمانہ اور بے تکلّفانہ تھے۔۔۔ بد قسمتی سے شادی کے چھ ماہ بعد اُسے ایک موذی مرض نے آگھیرا۔ اُس کے قویٰ روز بروز تحلیل ہونے لگے۔۔۔ جاڑوں کا سارا موسم بیماری میں کٹا۔۔۔ اخیر دنوں میں کسی قدر افاقہ ہوا اور وہ سہارے کے بغیر اپنی جگہ سے ہلنے جُلنے اور چلنے پھرنے کے قابل ہو گئی۔ ہم نے اُس کا چھپر کھٹ کمرے سے نکال کر دالان میں اُس دروازے کے پاس رکھا جو پائیں باغ میں کھُلتا تھا۔ جب کبھی دروازہ کھُلا ہوتا۔ وہ پائیں باغ کی طرف دیکھتی رہتی۔ کبھی دروازے میں جا کھڑی ہوتی اور اُس کی نظریں درختوں کے ہجوم کا جائزہ لینے میں محو ہو جاتیں۔ اُن درختوں کے درمیان اور دروازے کے بالکل سامنے مولسری کا ایک شاندار درخت تھا۔ جس کی بعض شاخیں دروازے تک سایہ زن تھیں اور اِسی لیے یہی درخت دیکھنے والوں کی نگاہوں کو، سب سے پہلے اپنی طرف متوجّہ کر لیتا تھا۔ وہ مولسری کے پھولوں کو خصوصیت کے ساتھ بہت پسند کرتی تھی اور اُس کی دلی آرزوؤں میں سے ایک یہ بھی تھی کہ جب مولسری کے پھُول کھلنے لگیں تو وہ اپنی ماں اور بہنوں کو بلائے اور سب مل جل کر اِس درخت کی گھنیری چھاؤں میں برسات کی رنگ رلیاں منائیں۔ جھولا جھولیں اور ملہار گائیں۔۔۔ جب کبھی دروازہ کھُلا ہوتا وہ مولسری کے درخت کی طرف ٹکٹکی باندھ لیتی اور بار بار مجھ سے دریافت کرتی:۔

"مولسری میں پھول کب آئیں گے؟"

میں جواب دیتا۔ "چند روز تک۔۔۔"

اور وہ حسرت بھرے لہجے میں دریافت کرتی۔ "کیا میں اُس وقت تک زندہ رہوں

گی؟" یہ کہتے ہوئے اُس کی غزالی آنکھوں سے آنسو چھلک پڑتے اور اُس کے بیماری زدہ مگر ماہتابی رُخساروں پر بہہ نکلتے۔ اِس پر وہ اپنے تاثّرات کو مجھ سے چھُپانے کے لیے آنچل سے اپنا چہرہ ڈھانپ لیتی۔۔۔ راتوں کو اکثر جب میں اُس کا بخار سے جلتا ہوا ہات اپنے ہات میں لیے اُس کی پائنتی پر بیٹھا ہوتا، بخار کے ہذیانی عالم میں بے اختیار اُس کی زبان سے بار بار یہی جملہ نکلتا۔

ہوش کی حالت میں بھی، مایوسی کی نظروں سے میری طرف دیکھتے ہوئے، اپنی لرزتی ہوئی کمزور آواز میں مجھ سے پوچھا کرتی۔

"مولسری میں پھُول کب آئیں گے"؟

اُس وقت اُس کی آواز میں ایسا تاثّر اتنا درد اور اِس درجہ حُزن ہوتا کہ میں اپنے سینے کو شق اور دل کو پارہ پارہ ہوتا محسوس کرتا۔۔۔ اُس کی نوجوانی اور ناتوانی سے ہر اپنے پرائے کا جگر خون تھا۔۔۔

آفتاب طلوع ہونے والا تھا کہ میں اُس کے چھپر کھٹ کے قریب گیا۔ وہ جاگ رہی تھی۔ میں نے اُس کی نبض دیکھی۔ بڑی آہستہ رفتار سے چل رہی تھی۔ تنفّس میں بھی ایک خاص قسم کی تنگی اور گرفتگی موجود تھی۔ اُس کی آنکھیں گھبرائی ہوئی سی اِدھر اُدھر نگراں تھیں۔

میں آہستہ سے اُس کے پاس بیٹھ گیا۔ اُس نے اپنے کمزور لرزتے ہاتھوں سے میرا ہات تھام لیا اور اپنے ہونٹوں سے چھوتے ہوئے۔۔۔ کسی قدر غیر مفہوم اور شکستہ و بے ربط الفاظ میں۔۔۔ مولسری کے پھولوں والا۔۔۔ فقرہ دُہرایا۔ اُس نے دُہرایا یا شاید غیر ارادی طور پر ادا ہوا۔ اُس کی آنکھوں میں غیر معمولی اور غیر قدرتی چمک تھی اُس کی پیشانی پر ٹھنڈے پسینے کے قطرے اُبھر آئے تھے۔ ایک رقّت انگیز اور فریاد آمیز

انداز سے اُس نے اپنے کانپتے ہوئے ہات میری گردن میں ڈال دیے۔ سیاہ درخشاں آنکھوں سے آنسوؤں کے دو قطرے اُبل پڑے۔ نازک و ناتواں ہونٹ ہلے۔۔۔ اور تھر تھراتے ہوئے کچھ یونہی سے کھُلے۔۔۔ وہ کچھ کہنا چاہتی تھی۔۔۔ "ماں"۔۔۔ "بہن"۔۔۔ اور کچھ ایسے لفظ جیسے "مولسری"۔۔۔ درخت اور "پھول" اُسکی بانہیں ڈھیلی پڑ گئیں۔۔۔ اور آہستہ آہستہ میری گردن سے جدا ہو کر بستر پر جا گریں۔۔۔ آخری لفظ جو اُس کے ہونٹوں سے نکلا "اللہ" کا غیر فانی نام تھا۔۔۔ اُس کے سوا کچھ نہیں۔۔۔ ایک حرف تک نہیں۔۔۔ کچھ کہے سنے بغیر۔۔۔ کوئی اشارہ کیے بغیر۔۔۔ نہ تشنّج کی علامتیں۔۔۔ نہ جانکنی کی زحمتیں۔۔۔ اور وہ رخصت ہو گئی۔۔۔ ہمیشہ کے لیے۔۔۔ قیامت تک کے لیے!

عصر کے قریب اُس کو سپردِ خاک کر کے گھر پہنچا۔ آہستہ سے اُس کے کمرے کا دروازہ کھولا۔ در و دیوار پر اداسی طاری تھی۔۔۔ دالان میں آیا۔ گزرے ہوئے دنوں کی طرح، آج بھی چاروں طرف ایک غم انگیز سکوت طاری تھا۔۔۔ غم انگیز اور ماتم آمیز!۔۔۔ پائیں باغ کا دروازہ کھولا۔ درختوں پر نظر پڑی۔ اُن شاخوں پر۔۔۔ مولسری کی اُن شاخوں پر، جو دروازے تک پھیلی ہوئی تھیں۔۔۔ اور دیکھا۔۔۔ میں نے دیکھا کہ مولسری کی شاخوں کے عین وسط میں، ایک تازہ پھول کِھلا ہوا تھا۔۔۔ برسات کی پہلی بوند کی طرح۔۔۔ سورج کی اوّلین کرن کی طرح۔۔۔ نہیں نہیں۔۔۔ بہار کی آنکھ کے آنسو کی طرح۔۔۔!"

میرا ساتھی خاموش ہو گیا۔۔۔ وفورِ جذبات نے اُسے زیادہ کچھ کہنے نہ دیا۔ اُس کی آنکھوں میں آنسو بھر آئے تھے۔۔۔ آفتاب غروب ہو چکا تھا۔ اُفق پر تاریکی پھیل رہی

تھی۔ درختوں کے تنے دیو قامت راز آلود اور پُراسرار سے دکھائی دیتے تھے۔۔۔ ہوا میں سردی یا اول سردی محسوس ہوتی تھی۔۔۔ ہم اپنی جگہ سے اُٹھے اور جب اپنے گھر جانے لگے تو اُس نے دریافت کیا۔

کیا اِس سال مولسری کے پھولوں کی بہار دیکھ دسکوں گا؟"

۔۔۔ چند روز بعد مجھے ایک ضرورت سے پردیس جانا پڑا۔ ایک ہفتے کے بعد جب میں لوٹا تو میں نے دیکھا کہ مولسری کے درختوں پر پھولوں نے چھاؤنی چھار کھی ہے۔ کوئی چھوٹا بڑا درخت ایسا نہ تھا جو پھولوں میں غرق نہ ہو۔۔۔ مگر میرے ساتھی کا کہیں پتہ نشان نہ تھا۔۔۔ کہاں چلا گیا؟!۔۔۔ نہیں معلوم۔۔۔ زمین کھا گئی یا آسمان!

اِس واقعے کو گزرے کئی سال ہو چکے۔ مگر ہر سال، جب بھی برسات آتی اور مولسری کے درختوں میں پھول کھلتے ہیں۔۔۔ مجھے اپنا وہ ساتھی اور اُس کا قصۂ غم یاد آتا ہے اور کچھ دیر کے لیے مغموم کر جاتا ہے۔۔۔!

آہ مجبور انسان۔۔۔!

کون جانے، اب کے برس مولسری کے پھولوں کی بہار دیکھنی میری قسمت میں بھی لکھی ہے یا نہیں؟؟؟

(فارسی سے)

(۹) جدائی

بسا اوقات، غروبِ آفتاب کے وقت، اِس غمگین اور افسُردہ دل کوہسار پر ایک سالخوردہ شاہ بلوط کے درخت کی چھاؤں میں بیٹھ جاتا ہوں اور وہاں سے۔۔۔ اِس وسیع و سرسبز وادی کی طرف، جس کا فانی اور بے ثبات منظر، میرے قدموں میں بچھا ہوتا ہے۔۔۔ نظر دوڑاتا ہوں۔

یہاں ایک طوفانی آبشار، اپنی کف آلود موجوں کے ساتھ لہراتا، بل کھاتا اور شور مچاتا ہوا اپنا پیچ در پیچ راستہ طے کرنے میں مصروف رہتا ہے۔۔۔ اور ایک گہری اور دوردست تاریکی کے پردوں میں گم ہو کر دور۔۔۔ میدانی سطح پر جاکر ایک چھوٹا سا دریا بن جاتا ہے۔۔۔ جس کے خاموش پانی کی حسین سطح سے طلائی ستارے اُبھر کر آسمان کی لاجوردی چادر پر طلوع ہوتے ہیں۔

ابھی غروب ہوتے ہوئے آفتاب کی آخری شعاعیں اِس کوہسار کی چوٹیوں اور ٹیکریوں پر، جو گھنیرے درختوں اور جنگلوں کے زمرّدیں تاج پہنے نظر آتی ہیں۔۔۔ چمک رہی ہیں۔۔۔ اور ملکۂ ظلمات کی غبار آلود سواری، اِن مقامات پر آہستہ آہستہ بلند ہو رہی ہے اور اُفق کے دامنوں کو بتدریج روشن اور تابناک بناتی چلی جاتی ہے۔

اِس عالم میں ایک مذہبی زمزمہ، تمام فضاؤں پر پھیل جاتا ہے۔ مسافراور راہ نورد ٹھہر جاتے ہیں اور دیہاتی چرچ کے ناقوس کی صدا دن کی آخری آواز میں ڈوب کر ایک مقدّس آہنگ سا پیدا کر دیتی ہے۔

مگر، میری بے پروا اور محرومِ آرزو روح، اِن تمام حسین و رنگین مناظر کی موجودگی میں ہر طرح کے جذبے اور ہیجان سے خالی ہے۔۔۔ زمین، مجھے ایک گھومتا ہوا پریشان سا سایہ نظر آتی ہے۔۔۔ ہاں، زندوں کا آفتاب مُردوں کو حرارت نہیں بخشتا۔

میں، بے ضرورت طلوعِ صبح سے لے کر غروبِ شام تک، شمال سے جنوب اور ایک پہاڑی سے دوسری پہاڑی پر، اپنی حیرت زدہ اور خاموش نگاہیں لُٹاتا رہتا ہوں اور اِس وسیع وادی کے تمام حصّوں کی پیمائش میں مصروف۔۔۔ بالآخر چلّا اُٹھتا ہوں۔

میرے لیے جہاں میں کہیں بھی خوشی نہیں

یہ وادیاں اور چشمے! یہ مکانات اور محلّات اور یہ جھونپڑیاں۔۔۔ یہ سب بیہودہ اور بیکار چیزیں۔۔۔ جن میں سے کسی کے حُسن کا بھی مجھ پر ایک شمہ بھر اثر باقی نہیں رہا۔۔۔ میرے کس کام کی!

اے خوب صورت چشمو! موّاج آبشارو! اونچی چٹانو! سرسبز جنگلو! گل پوش وادیو! اور حسین خلوت گاہو! تمھاری فضاؤں میں صرف ایک متنفّس کی کمی واقع ہوئی ہے۔۔۔ مگر اِسی ایک کمی نے تم سب کو ویران اور سنسان کر دیا ہے!

آفتاب کے طلوع سے لے کر غروب تک، اُس کی اُبھرتی اور ڈھلتی پھرتی چھاؤں کا

ایک بے حس و حرکت نظر سے مطالعہ کرتا رہتا ہوں۔۔۔ یہ آفتاب، جو تاریک یا شفاف آسمان پر چمکتا ہے اور چھپتا رہتا ہے۔ میرے لیے کیا دلچسپی رکھتا ہے؟ میرے لیے تو اِس لیل و نہار کی بستی میں کوئی آرزو اور انتظار ہی نہیں رہا۔

جب ماہتاب، اپنی وسیع جولانگاہ کو طے کرنے میں مصروف ہوتا ہے۔ اُس وقت بھی میری نگاہیں ہر طرف ایک خلا سا محسوس کرتی ہیں۔۔۔ میں اِس تمام کائنات میں جو مہتاب کی روشنی سے لبریز نظر آتی ہے۔۔۔ کسی طرف سے کوئی بھی اُمید کی کرن پھوٹتی نہیں دیکھتا۔۔۔ میرے دل میں اِس وسیع کائنات اور غیر متناہی موجودات کی طرف سے کوئی مقصد اور ارمان پیدا نہیں ہوتا۔

اگر ممکن ہوتا کہ میں اِس دائرۂ نور و سرور کو آسمان سے چھین کر زمین پر اُٹھا لاتا۔۔۔ تو شاید میں اپنے اُس پیکرِ رنگ و بُو کا، جس کے متعلق میں ہمیشہ سوچتا ہوں اور عالم خیال میں پرستش کرتا ہوں۔۔۔ دُور۔۔۔ اُفق کے اُس پار، اِس دنیا کی فضاؤں کے کنارے سے ماورا، اُن مقامات میں، جو کسی اور ہی آسمان کے حقیقی ماہتاب کی کرنوں کا گہوارہ ہیں۔۔۔ مشاہدہ کر سکتا۔

اُن مقامات میں۔۔۔ میں اُن سرچشموں سے، جن کا میں اِس قدر شیفتہ و مشتاق ہوں۔ شرابِ لعل فام پیوں گا اور سرمست و سرشار ہو جاؤں گا۔۔۔ اُن مقامات میں، مجھے امید وارِ عشق کی دولت حاصل ہو گی۔۔۔ اور ساتھ ہی وہ ایک وہمی اور تصوری متاعِ عزیز،۔۔۔ جس کی تمام روحیں آرزومند رہتی ہیں اور جس کا ہماری فانی سرزمین پر کوئی

نام نہیں۔۔۔!

اے میری تمام آرزوؤں اور اُمیدوں کے تنہا۔ مگر مبہم مطلوب و منتہا! میری بے بسی کے لیے ممکن نہیں کہ نسیمِ سحر کی آغوش میں سما جاؤں اور وہ مجھے تجھ تک پہنچا دے! آہ میں کیوں اب تک، اِس سرزمین پر، جو فراق کا نشیمن اور جُدائی کا مسکن ہے۔۔۔ زندہ اور موجود ہوں۔ درحالیکہ مجھ میں اور زمین میں کوئی ربط و تعلق نہیں رہا ہے!

جس وقت درختوں کے پتّے، سبزہ زار کے دامن میں، گرتے ہیں۔۔۔ تو نسیم شبانہ گاہی چلتی ہے اور اِن کو وادیوں کے اور درّوں کے آغوش سے زبردستی چھین کر دور پھینک آتی ہے۔!

شمال کی طوفانی ہواؤ! تم بھی مجھے اِن پتّوں کی طرح اُٹھالو اور اپنے ساتھ لے چلو۔

(لامارٹین)

(۱۰) سرودِ عشق

اے سازِ شیریں آواز! اگر تجھے قدرت ہوتی کہ تُو نسیمِ بہار کے زمزموں کو درختوں کی سر سبز شاخوں میں مجسّم کر دیتا اور دریا کی موجوں کے ہمہموں کو سنگستانی ساحلوں کی چٹانوں پر دُہرا دیتا۔ اگر تُو سفید کبوتروں کے نازک و ابریشمیں پروں کی پھڑ پھڑاہٹوں کو صحراؤں کی بلندیوں سے نشیب کے دامن میں منعکس کر سکتا اور اُن زمرّدیں شاخوں کی طرح، جو صبح کی مستانہ ہوا کے جھونکوں سے لرز لرز اُٹھتی ہیں اُس خاموش زبان کو، جس کے ذریعے دلدادگانِ محبّت اپنے قلبی راز کا اظہار کرتے ہیں، مشتاقوں کے کانوں تک پہنچا سکتا۔ اگر تیرے بس میں ہوتا کہ تُو اپنے روح پرور نغموں سے اُس پر شکستہ روح کو، جو عشق کی رقّتوں اور حسرتوں کے اثر سے مدہوش ہو چکی ہے، ہوش میں لے آتا اور اُس مستانہ ہوا کی طرح، جو غروبِ آفتاب کے وقت، ابر کی طوفانی موجوں کے ہجوم کو، طلائی اور سرخ فام اُفق پر متحرّک کرتی ہے، اسکو ماضی کے شیریں خوابوں کی بلندیوں پر رقصاں کر دیتا تو۔۔۔ میرے لیے بھی ممکن تھا کہ میں تیرا ہم آواز ہو کر۔۔۔ اُس وقت جبکہ میری سلمٰی، گلاب کے شرابی پھولوں کی سیج پر محوِ استراحت ہوتی۔۔۔ اُسے اپنے جوان آرزو عشق کا ایک دلگداز نغمہ سناتا، صبح کی شبنم کی طرح اُس کے، گلبرگ رخسار پر، آنسوؤں کے موتی لُٹاتا اور صبا کی طرح اُس کی حسین و شیریں روح تک اپنی فدائیت کا پیغام پہنچاتا اُس کے ملائک فریب عارضوں کے آگے سر جھکاتا اور آہستہ آہستہ اُس کے کان میں کہتا کہ "اے میری زندگی کے درخشاں آفتاب

لے آفتاب آیا ہے تیرے سلام کو پھولوں نے مسکرا کے لیا تیرے نام کو

اُٹھ خوابِ ناز سے شہِ حسن و جمال اُٹھ

تاکہ میں تیری سیاہ و درخشاں آنکھوں میں، اپنی ہستی کی سرنوشت کا مطالعہ کروں، آنکھ اُٹھا اور کچھ دیر میری طرف دیکھو کہ تیری جانفزا نگاہیں میری خستہ و حزیں روح کے نزدیک آفتاب کی اُن اوّلین شعاعوں سے زیادہ عزیز ہیں، جن کی آرزو ایک بے صبر آنکھ کا دائمی وظیفہ بنی رہتی ہے۔"

زبان کھول! کچھ سنا!۔۔۔ آہ تیری دلربا آواز میرے دل پر کس قدر اثر کرتی ہے۔ تیرے شیریں لبوں سے جو کلمہ بھی ادا ہوتا ہے، کسی فرشتے کی صدا معلوم ہوتا ہے۔۔۔ ایسی صدا، جو مجھے اِس دنیا سے دور کسی اور عالم میں پہنچا دیتی ہے۔ اور ستاروں کے نیلگوں شبستانوں میں محوِ پرواز کر دیتی ہے جس وقت تیری دلربا آواز میرے سامعے کو حلاوتوں میں ڈبو دیتی ہے، میری شیفتہ و فریفتہ روح، اُس معبد کی طرح، جو راہبوں کے زمزمہ ہائے تقدیس کے ساتھ ساتھ، ناقوسوں کی ہم آہنگ صداؤں سے بھی معمور ہو جاتا ہے۔ ہوش میں آتی ہے اور نغمہ سرائی شروع کر دیتی ہے۔

ایک آواز، ایک فقرہ، ایک لفظ۔۔۔ اور پھر گہرا سکوت۔۔۔ میرے لیے یہی کافی ہے۔۔۔ جس وقت تنہائی میں، تیری دل نشین آواز سامعہ نواز ہوتی ہے، میری روح خیال کی گہرائیوں اور بے انتہائیوں تک تجھے پا لیتی ہے۔۔۔ کیا تُو نے نہیں دیکھا کہ جب کوئی نہر نغمے گاتی اور زمزمے سناتی ہوئی صحنِ چمن سے گزرتی ہے۔۔۔ سبزہ و شاخسار کی ایک ایک پتی، اُس کی ہلکی سے ہلکی آواز کو اپنے سینے میں محفوظ کر لیتی ہے۔

تجھے اپنی آتشیں نگاہوں سے، میری روح کو شعلہ در آغوش کرنے کا خیال کیوں ہے ؟ روک! آہ، اپنی دلربا آنکھوں کو، اپنی ہوشربا نظروں کو، روک! ورنہ یہ مجھے ہلاک کر دیں گی!۔۔۔ آ، کہ ہم پہلو بہ پہلو، شانہ بہ شانہ، ہات میں ہات ڈالے۔۔۔ اُن آزاد و مسرور

سبزہ زاروں میں سیر کریں، لطف اُٹھائیں، حسین و رنگین پھولوں سے دل بہلائیں۔۔۔ کیونکہ کوئی دن جاتا ہے کہ یہ لطیف سبزہ زار خاک میں مل جائیں گے اور یہ روح پرور پھول کملا جائیں گے۔ ایک نیلگوں اور لاجوردی رنگ، جوئبار کے کنارے ایک ٹیلہ ہے، جو اپنی تمام سرسبزیوں کے ساتھ بنت البحر کے حضور میں سر جھکائے ہوئے ہے۔ اُس کی فرسودہ سالخوردہ پیشانی پانی کی نقرئی امواج کی رفعتوں پر سایہ زن ہے دن کو آفتاب اُس پر اپنے محبت بھرے بوسے نچھاور کرتا ہے اور رات کو، نسیم کے شفقت آمیز جھونکے، اُس کے سبزہ کی ایک ایک پتی کو اہتزاز انگیز بنا دیتے ہیں۔

انگور کی ایک جنگلی اور وحشی بیل کی چھاؤں میں ایک عظیم الشان چٹان کے کنارے موجوں کی درازدستیوں نے ایک مختصر سی پناہ گاہ تعمیر کر لی ہے۔ جس میں ایک سفید کبوتر نے آشیانہ بنا رکھا ہے جہاں بیل کی پتّیوں نے ہر طرف چھاؤنی چھا رکھی ہے۔ ندی کی موجیں، رات دن اپنے شیریں زمزمے سناتی ہیں اور دلدادہ کبوتر صبح و شام، رس بھرے گیت گاتا ہے۔ نسیم شبانگاہی، اس سرسبز خلوت میں، بنفشے کی نکہتیں بکھیرتی رہتی ہے۔ درختوں کے سائے پریدہ رنگ رنگ پھولوں کے چہروں کو، سورج کے بیدرد ہاتوں سے محفوظ رکھتے ہیں۔ حسین گلبن کے قریب ایک چھوٹا سا چشمہ پھوٹتا ہے اور کسی غم زدہ عاشق کی طرح چپکے چپکے آنسو بہاتا ہے۔

اِس مسرّت انگیز و بے خودی آمیز منظر کے قدموں میں، ندی کی سیم گوں موجیں لہراتی، گاتی اور دھوم مچاتی ہیں۔ اُس کے سرسبز دامن میں صبح کی معطّر ہوائیں خوشبوئیں برساتی ہیں اور اُس کی بلندیوں پر بلبل کی نغمہ طراز آواز، مسکراتی، چھاتی اور پھیل جاتی ہے اور بکھری ہوئی چٹانوں کی خلاؤں میں سے ایک آہ سی بلند ہوتی ہے۔۔۔

آ کہ چلیں! اِس خلوت سرائے رنگین میں اپنا نشیمن بنائیں۔ دریا کی لازوال موجوں کے قریب اپنی دنیا بسائیں اور اُس وقت تک۔۔۔ کہ آفتاب کی جفاکار شعاعوں سے، بنفشے کی پنکھڑیاں مرجھائیں۔۔۔ ہم وہیں رنگ رلیاں منائیں!

میری آنکھوں کے تارے! تیرا آسمان وہیں ہے۔۔۔ چل، اُس کے سینے میں سما جا اور میری اندھیری راتوں کو اپنے نور سے روشن کر دے!

میرے طائرِ شیریں نوا! تیرا آشیانہ وہی گل زمین ہے اُڑ کر وہاں جا پہنچ! اور وہاں پہنچ کر، نالے کر، مسکرا، ہاؤ ہو میں مصروف ہو، اور نغمے سنا۔۔۔! آ کہ کچھ دیر تیرے دل ربا نغموں کی تاثیر سے، دنیا کے غموں کو بھلا دوں۔۔۔ بھول جاؤں اور خواب و خیال کے پرستانی اُفق پر پر پھیلاؤں۔

واحسرتا! ایک دن آئے گا کہ یہ حاسد آسمان اپنے ٹھنڈے سانسوں سے، تیرے نرم و گرم سینے کو حرکت سے محروم اور تیری جوانی کے شاد و شاداب پھول کو پژمردہ و مغموم کر دے گا۔

ایک دن آئے گا کہ زمانے کے بے درد اور لٹیرے ہاتھ تیرے۔۔۔ رنگین ہونٹوں سے اُن تمام لذیذ و شیریں بوسوں کو چھین لیں گے۔۔۔ جو تُو نے ابتدائے شباب کی بہاروں میں، پھولوں کی طرح، مجھے عطا کیے تھے، اور اُن کی جگہ نالہ و آہ کی تلخ یادگاریں چھوڑ جائیں گے۔

ایک دن آئے گا کہ تیری مسکراتی ہوئی نرگسی آنکھیں گزرے ہوئے زمانے کی یاد میں خون کے آنسو بہائیں گی، اور تیرے شگوفہ تمثال ہونٹ بیتے ہوئے دنوں کا خیال کر کے ٹھنڈی آہیں بھریں گے۔

لیکن اُس وقت اگر تُو چاہے کہ بھولی بسری یادوں کے پردے اُٹھا کر اپنی فصلِ جوانی

کی حسین تصویروں کو مجّسم دیکھے اور آہوں اور آنسوؤں کے نقاب اُلٹ کر اپنے ایّامِ شباب کے نظاروں کو متشکل کرے تو۔۔۔ میرے دل کی گہرائیوں میں دیکھنا۔۔۔ جہاں تیرا سرو قامت، طویل مدتوں کے لیے بجنسہ جلوہ کناں ہے اور تیرا گلِ جوانی بے پایاں ایّام کے لیے عطر افشاں!

جب موت کا نادیدہ اور بے رحم ہات ہماری طرف بڑھے گا اور ہماری زندگیوں کی شمعوں کو ایک ایک کر کے گُل کر دے گا۔۔۔ ہماری روحیں اپنے دیرینہ مسکنوں کو الوداع کہیں گی اور ایک نئی تابندہ تر اور باشکوہ تر دنیا کی طرف سفر کر جائیں گی۔

اِس دینا میں۔۔۔ اِس ابدی آرامگاہ میں۔۔۔ ہمیشہ کے لیے میرا بستر تیرے بستر کے قریب بچھایا جائے گا اور ہمیشہ بچھا رہے گا اور میرے محبت آمیز ہاتھ ابد تک کے لیے تیرے بازوؤں کو اپنے اندر جذب کر لیں گے۔۔۔ جس طرح خزاں کے موسم میں قازیں، اپنے پرانے ٹھکانے چھوڑ کر، دور اُفتادہ سر زمینوں کی طرف پرواز کر جاتی ہیں۔۔۔ اُن سر زمینوں کی طرف جو اپنا محبت بھرا آغوش وا کیے اُن کی خاطر سرگرم انتظار رہتی ہیں:۔

(لامارٹین)

***